書下ろし

さくら餅

縄のれん福寿②

有馬美季子

JN184089

祥伝社文庫

お品書

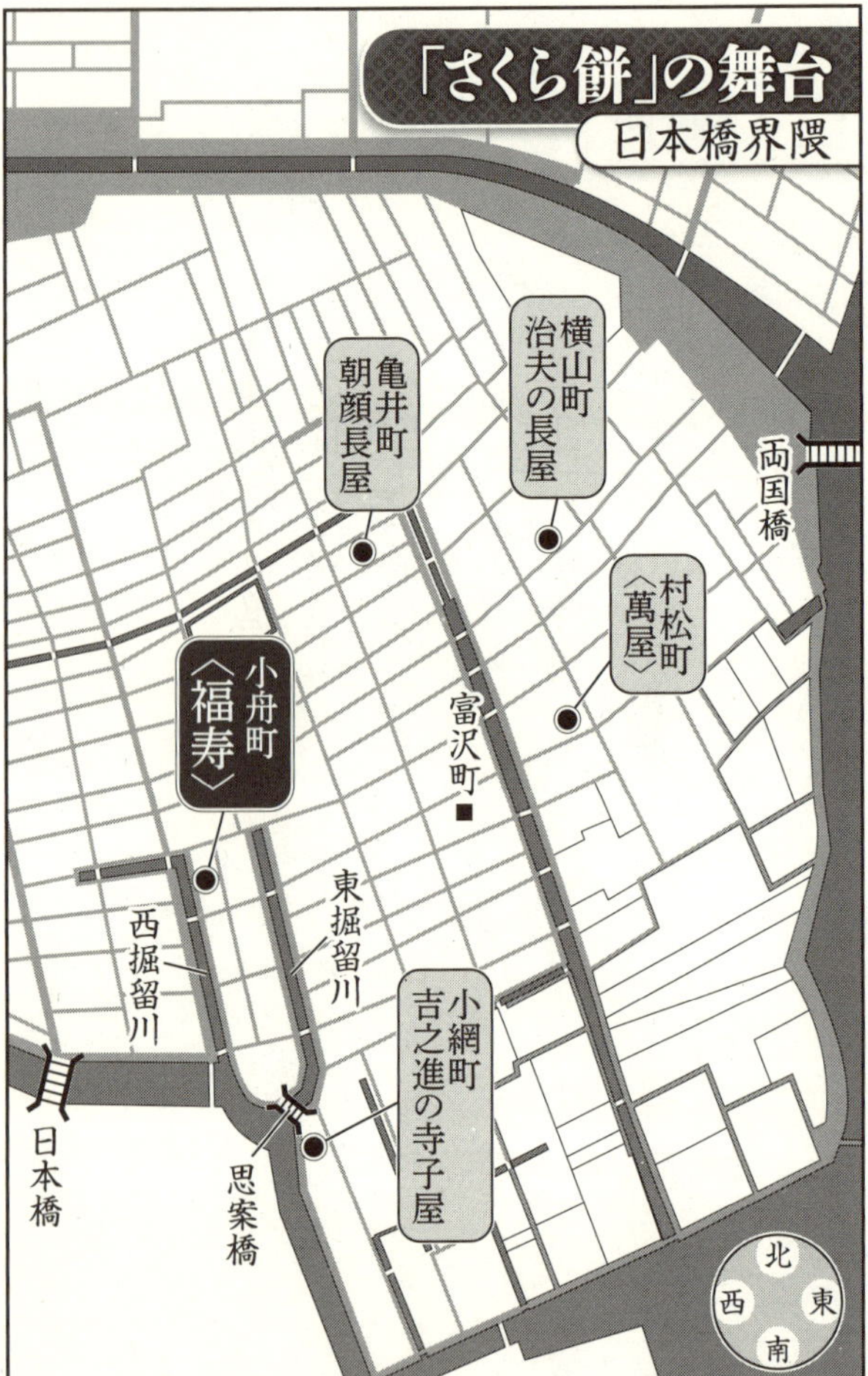
「さくら餅」の舞台
日本橋界隈
横山町
治夫の長屋
亀井町
朝顔長屋
両国橋
村松町
〈萬屋〉
小舟町
〈福寿〉
富沢町
東掘留川
西掘留川
小網町
吉之進の寺子屋
日本橋
思案橋
北
西
東
南

お通し　春告魚《はるつげうお》

一

大晦日《おおみそか》から元旦に掛けて江戸にはぼたん雪が降り積もり、大人たちは寝正月を決め込んで、子供たちは外に出てはしゃぎながら雪と戯《たわむ》れた。積もった雪に自分の小さな足跡がつくのが楽しいのだろう、子供たちはそこかしこと歩き回る。

文政《ぶんせい》六（一八二三）年の正月、お園《その》は炬燵《こたつ》に入って、障子窓《しょうじまど》を少し開けて雪見をしながら、のんびり過ごした。梅の枝にも雪が降り掛かり、一足先に白い花が咲いているように見える。鶯《うぐいす》の啼《な》き声と、子供たちの笑い声が、耳にはんわか心地良かった。

――そういえば子供の頃、『雪うさぎみたい』ってからかわれたっけ。引っ込み思案で、おとなしかったから――

お園はそんなことを思い出した。

二十七歳の今、お園は一人前の女将《おかみ》となったが、容姿は未《いま》だに雪うさぎの如《ごと》く、みずみずしく美しい。

艶《つや》のある黒髪に、清らかな肌。ほっそりした柳腰だが、切れ長の大きな目に芯の強さが表れていた。

しんしんと冷え込んでも、炬燵に入って雑煮や食積《くいつみ》、屠蘇《とそ》、蜜柑《みかん》を味わえば、じゅうぶんに楽しい正月を過ごせる。食積とはおせちのことで、数の子や叩《たた》き牛蒡《ごぼう》、昆布《こぶ》巻き、黒豆などを集めた重詰である。

人々は縁起が良いとされるものを食べ、宝船を枕の下に敷いて眠り、吉夢を願った。三が日を過ぎて天候が少しずつ良くなってくると、紺碧《こんぺき》の空に凧《たこ》が上がるのが見えたり、羽根突きの音が聞こえたりするようになった。

しかし、昼間は晴れても、夜はやはり底冷えする。日本橋《にほんばし》は小舟町《こぶなちょう》を囲む掘割も、弦月を映したまま、凍りついてしまいそうだ。

今日は正月七日、人日《じんじつ》の節句である。炬燵でのんびりすることにも飽きた人々で、夜の町も賑《にぎ》わい始めていた。

首をすくめてしまいそうな寒い夜でも、〈福寿《ふくじゅ》〉と書かれた軒行灯《のきあんどん》の明かりは、温かだった。
店の中、お園は姉さん被りにたすき掛けで、七草粥《ななくさがゆ》ならぬ七草ぜんざいをお客たちにふるまっていた。店に飾った福寿草の彩《いろど》りに合わせるかのように、お園はすらっとした躰《からだ》に深黄色の着物を纏《まと》っている。
お園はこの人日の節句を〝若菜《わかな》の日〟と呼び、店の表戸にも《若菜の日、七草ぜんざいあります》と書いた紙を貼っていた。百人一首の中で、お園が最も好きな和歌にちなんでだ。
《君がため　春の野にいでて　若菜摘む
　　　　　わが衣手に　雪は降りつつ》
光孝《こうこう》天皇のなんともたおやかなこの歌は、「あなたのために春の野原に出て若菜を摘んでいる私の袖《そで》に、雪がしきりに降り掛かってきます」という意味で、若菜とは食用にしたり薬に出来る野草のことである。春の七草の意味も持ち、そこでお園は正月七日を〝若菜の日〟としているのだ。
この若菜の日、十五名ほど入る店は、毎年恒例の七草ぜんざい目当ての常連たちでいっぱいだ。七草ぜんざいとは、刻《きざ》んだ七草を混ぜた白玉団子に、餡子《あんこ》を絡ませたものである。皆、福々しい笑顔で、それに舌鼓《したつづみ》を打っていた。

「やっぱりこれだなあ。これを食わなきゃ、一年が始まらねえ」

「うん、ほんとに美味《おい》しいわあ。ちょうどいい甘さで、もっちりして、もう、堪《たま》らない」

寄り添い合った八兵衛《はちべえ》とお波《なみ》が、互いに顔をほころばせる。八兵衛は六十一歳、お波は二十五歳。この二人、三十六歳違いの夫婦であるが、周りを呆《あき》れさせるほどの熱々ぶりだ。

「女将が作ったこの七草ぜんざいをいただきますと、ああ、今年もなんだか頑張れそうだなあって思いますねえ」

易者《えきしゃ》の竹仙《ちくせん》が白玉を嚙《か》み締める。

「酒呑みの俺でも、これはいける！　お波さんが言うように、甘さがちょうどいいんだよな」

瓦版屋《かわらばんや》の文太《ぶんた》も、猪口《ちょこ》をひとまず置いて、ぜんざいを口いっぱいに頬張《ほおば》る。

竹仙も文太も三十路《みそじ》の男やもめ、正月は浴びるように酒を吞んでひたすら寝ていたそうだ。

「よかったです、今年も喜んでいただけて。皆様が今年も健《すこ》やかでお幸せでありますよう、お祈りしつつ作りました」

皆の笑顔を見て、お園の美しい顔にも笑みがこぼれる。

「私、七草粥ってちょっと苦手なんだけれど、これはいくらでも食べられちゃう。女将さん、お代《か》わりちょうだい。あ、この人のぶんもね」

「旨《うま》いです。お梅《うめ》がいつもこちらの料理が美味しいって言っていて。連れてきてもらって、よかったです」

「ね、私の言ったとおりでしょ。女将さんのお料理を食べると元気になっちゃうのよ、なぜか」

連れの男にもたれ掛かり、お梅がうふふと笑う。お梅は二十一歳のお俠《きゃん》で、男で痛い目に遭ったところを、お園の料理で励《はげ》ましてもらったことがあり、それからよく店を訪れるようになった。男に懲《こ》りたかと思いきや、趣味が変わっただけでまったく懲りておらず、連れの男が異なるのはしょっちゅうのこと。猿に似た男だったり、熊に似た男だったりするが、今宵《こよい》の連れが羊に似ているのは、今年の干支《えと》にちなんだのかもしれない。

「お元気になってくださって、嬉しいです。お代わり二人分、持って参りますね」

お園が板場にいこうとすると、声が掛かった。

「お園ちゃん、私たちにもお代わりお願い！　旦那と良太《りょうた》のぶんもね！」

近くの朝顔《あさがお》長屋のお民《たみ》一家も、旺盛《おうせい》な食欲だ。お民はお園が「ねえさん」と慕《した》っている、太り肉《じし》の気の良い女である。お民の亭主の茂七《もしち》は女房よりも小柄な蚤《のみ》の夫婦であるが、こちらもたいへん仲が良い。今年六つになる息子の良太も、七草ぜんざいをあっと言う間に平《たい》らげてしまった。

「俺にもお代わりおくれな。いやあ、こんなに旨いぜんざい、初めて食ったわ」

朝顔長屋に住んでいる幸作《こうさく》も、声を弾《はず》ませる。ずっと病《やまい》に伏していたが、お園の料理に力をもらい、〝なんでも屋〟を始め、この頃ではみるみる丈夫になり血色も良くなっている。

その幸作の隣には、お久《ひさ》が座っている。お久も呆《ぼ》けてしまって寝たきりの暮らしだったが、お園の料理で正気が戻り、外に出ることも出来るようになった。お久は、息子の利平《りへい》に連れられて来ていた。

「お園さんのお店、素敵ねえ。綺麗《きれい》で、佇《たたず》まいがとても良いわ。お料理はもちろん言うことなしですし」

ぜんざいをゆっくりと味わいつつ、お久は店を見回し、目を細める。元気になった母親が、利平は嬉しいようだ。

お園がお代わりを持って来て、配り終えると、井々田吉之進《いいだきちのしん》が言った。

「俺ももう一杯、もらおう。女将のおかげで、甘いものに目覚《めざ》めてしまった」

お園と目が合い、吉之進がにやりと笑う。

「はい。少しお待ちくださいね」

お園は笑みを返し、再び板場へ行った。

吉之進はお園の幼馴染《おさなな じ》みであり、元同心だ。自分のせいで想い人を喪《うしな》ってしまうという痛恨の事件があり、役人を辞めて放浪していたが、昨年五年ぶりに江戸に戻って来て、お園と再会した。想い人との一件が尾を引き、江戸でも色々なことがあったが、お園の料理に励まされ、どうにか自分を取り戻した。この吉之進、お園の淡い初恋の相手である。

吉之進はお園より二つ年上の、二十九歳。大柄で精悍《せいかん》、藍染めがよく似合っているが、どこか不器用で、そこがお園の気を引くのだ。

結局、皆、ぜんざいのお代わりをし、お園は甘くなった舌に活をいれるかのように、次に餅巾着《もちきんちゃく》を出した。油揚げの中に、切った餅と人参《にんじん》と椎茸《しいたけ》を詰め、それを出し汁、酒、味醂《みりん》、醤油《しょうゆ》で煮たものだ。よく味が染み渡った餅巾着に、皆、相好《そうごう》を崩す。

「正月に餅は食い飽きたはずなのに、ここに来ると食っちまう。よく煮てくれているから、俺みたいな年寄りにも優しい料理よ」

八兵衛も笑顔で、餅巾着を嚙み締める。

「お餅、舌の上で蕩《とろ》けちゃう。この、もちもちが堪らないのよ」

お波が目を細めると、八兵衛がその頰を突《つ》いた。

「もちもちが堪らないなんて、お前の頰っぺたみたいじゃねえか」

「ああ、相変わらずお熱いことで！」

餅巾着で酒を吞みつつ、文太が声を上げる。お波は箸《はし》を止め、八兵衛の指の先を撫《な》でた。

「ふふふ。七草爪だから、爪を切ってあげたのよね」

「そうよ。恋女房のおかげで、今年も病知らずで元気でいられそうだ」

七草爪とは、なずなを浸《ひた》した水に指を入れ、その後、年が明けて初めての爪切りをするという習わしだ。正月七日に爪を切ると、邪気が払われ、無病で一年を過ごせるという。

「いいねえ、八兵衛さん。俺も誰かに爪を切ってもらいてえよ」

餅巾着をぺろりと平らげ、幸作が嘆《なげ》く。するとお民が頬張ったまま言った。

「あら、爺さんの爪なら私がいつでも切ってあげるよ！」

「……いや、気持ちはありがてえんだけどさ。そういうんじゃなくてさ」

言葉を濁《にご》す幸作に、お民がむっとしたような顔になる。

「なにさ、私じゃ不服ってことかい？」

するとお梅が申し出た。

「あらあ、じゃあお爺さんの爪、私が切ってあげるわ。この後、長屋に一緒に帰りましょ。あ、でも、連れも一緒だけれど勘弁してね」

お梅ににっこりと微笑《ほほえ》み掛けられて、幸作が嬉しそうに頭を掻《か》く。

「いやあ、お連れがいるところ悪いねえ。それじゃあお言葉に甘えて、切ってもらおうかな。えへ、えへ」

「なにさ、だらしない顔しちゃって！」

ぷうっと膨《ふく》れたお民の肩を、亭主の茂七がさすった。

「お前は俺の爪を切ってくれればいいじゃねえか。浮気心なんか起こすなよ」

「そうだよ。お母ちゃんはお父ちゃんとおいらの爪を切ってればいいんだ！」

良太がつぶらな目を瞬《しばたた》かせながら言うと、店が笑いに包まれた。

「私も爪を切ってもらいましたよ、嫁に。七草を切って、爪も切り、凶事を切る。そしてお園さんが作ってくださったお料理をいただけば、まことに命が延びますね」

笑みを浮かべるお久に、お園は「ありがとうございます」と頭を下げた。

皆の話を聞きながら、吉之進は自分の指を眺めている。うっかり七草爪のことを忘れていたようだ。そんな吉之進に目をやり、八兵衛がにやりと笑った。

「お前さんも誰かさんに爪を切ってもらえばいいんじゃねえか？」

するとお波、お梅、お民、文太、竹仙がちらとお園のほうを見た。それにつられて、ほかの者たちもお園に目を移す。皆に見つめられ、お園の頬がかっと熱くなる。お園は慌《あわ》てて取り繕《つくろ》った。

「皆さん、今宵のお品書きは、ほかにも〝七草粥〟、〝七草入り卵焼き〟、〝すずな（蕪《かぶ》）とすずしろ（大根）のお漬物〟などがございますよ。お腹いっぱい召し上がってくださいね。……ああ、忙しいわ」

そそくさと板場へと戻ろうとして、お園は躓《つまず》きそうになり、「痛っ」と声を上げる。そこへ戸が開いて、酒屋の手代の善三《ぜんぞう》が入って来た。この善三、お園にほの字である。

「ちわっす！　遅れちまって、すみませんでした。あ、女将さん、酒持って参りやしたよ」

「ああ、善《ぜん》ちゃん、いいところに来た！　こっちに運んで」

「かしこまりやした。失礼いたしやす」

お園に手招きされ、善三は板場へと酒を運んでいった。

お園の様子を眺めながら、皆、顔を見合わせ、含み笑いをする。しかし吉之進は淡々としたものだ。

「そうか、女将に頼んで、なずなを分けてもらおう。この時刻では手にも入るまい」

「……しかし、お前さん、ほんとに鈍《にぶ》いなあ」

八兵衛が溜息《ためいき》をつくと、お民も続けた。

「新年早々、豆腐の角に頭ぶつけてるみたいだね、吉《きち》さん」

皆、苦笑いだが、当の吉之進はきょとんとして目を瞬かせている。吉之進はお園より年上であるが、男と女の機微については実に疎《うと》いようだ。

顔を赤く染めた文太が、吉之進の肩に腕を回して、酒を注《つ》いだ。

「兄さん、ま、一杯」

「おお、これは、かたじけない」

吉之進は、ぐい呑みになみなみと注がれた酒をぐっと呑み干した。

「おっ、いける口だねえ」

唸《うな》る文太に、吉之進は酒を注ぎ返す。すると岡っ引きの辰五郎《たつごろう》親分まで「おう！　今年もよろしく！」とやって来て、店はもう満杯だ。

皆、銘々《めいめい》に料理と酒を楽しみ、笑いに満ちた〈福寿〉は今宵も軒行灯の明かりがなかなか消えない。

初春や　のどかに咲けり　福寿草

吉之進はあれから江戸に留まり、日本橋の小網町《こあみちょう》二丁目の長屋を借りてそこを住処《すみか》としながら、寺子屋の看板も掲げた。道場を開くことも考えたが、隼川《はやかわ》庄蔵《しょうぞう》との一件により、今はあまり剣の道を追い求める気分ではなかったのだ。

寺子屋を始めたのは、料理で人の心を救ってゆくお園を見ていて、自分も何か人の役に立つようなことをしたい、人を育てたいと思ったからだ。ちなみに小網町二丁目は、東堀留《ひがしほりどめ》の入口に架かる思案橋《しあんばし》を渡ってすぐで、小舟町にも近い。

吉之進の新しい仕事を、お園も応援してくれていた。

始めた当初は些《いささ》か不安であったが、お民が長屋の子供たちを連れて来てくれるなど、寺子たちも徐々に増えている。今は十人ほどだが、来月の初午《はつうま》にはまた新しい寺子が入ってくるだろうと、吉之進は期待していた。

吉之進は誠意ある指導をし、寺子たちから「優しい師匠《ししょう》」と慕われて、新しい喜びを感じていた。

その一方で、〈福寿〉で顔を合わせるようになった八兵衛から、お園は同じ料理人だった亭主の清次《せいじ》が或《あ》る日突然失踪《しっそう》してしまい、辛《つら》い思いをしてきた、という過去を聞かされた上で、

「でも、もうだいぶ傷は癒《い》えてきてるんじゃねえかな。もう四年近く経《た》つだろうし。まあ心配ねえとは思うけれど、強そうに見えて、やはり女だから、どうか気を掛けてやってな」

そう頼まれたのだ。八兵衛は吉之進の人柄を見て、そこまで話したのだろう。

吉之進は、その話を聞いた時、

――そういうことがあったなら、やはり江戸に留まってよかった――

と思った。そして、

——女将は自分も辛い思いをしたのに、そのことは何も言わず、俺のことをひたすら励ましてくれたんだ。何かあったら、今度は俺が支えてあげなければ——とも。吉之進はお園に感謝を返したかった。

住処兼寺子屋の壁に、吉之進は書き初《ぞ》めを貼った。

《一日一生》という禅の言葉だ。

その意味は、「私たちが過ごす一日一日、その一瞬一瞬が無限で新しいのであるから、過去を振り返らず、未来を思い煩《わずら》うことなく、今この時を大切に生きよ」。

——この言葉を忘れずに今年も精進しよう——

と、吉之進は年の始めに誓《ちか》ったのだった。

二

若菜の日の翌日は、よく晴れて蒼天に輝雲が浮かんでいた。お園は朝のうちに門松を仕舞い、店の入口にも福寿草の鉢を台に載せて飾《かざ》った。派手さはないが、寒い中でも可憐《かれん》な花を咲かせる福寿草が、お園は好きだ。

鉢には南天《なんてん》も植えられているので、「難が転じて福となす」と縁起が良く、新春の飾りとして相応《ふさわ》しい。冷たい空気の中でも、黄色い福寿草と赤い南天の実は、陽射しをたっぷり浴びているように見える。お園は鉢に向かって、そっと手を合わせた。

お園は朝のうちに湯屋へ行き、それから市場で買い出しをして、店に戻って仕込みを始める。店はだいたい四つ半（午前十一時）頃に開ける。昼餉《ひるげ》を求めてやって来るお客たちで次第《しだい》に埋め尽くされ、それが八つ（午後二時）頃まで続く。そしていったん店を閉め、一刻（二時間）ほど休みを取り、その間に足りない食材を調達したり、夕餉の仕込みに掛かった。

その日、昼餉の刻が終わる頃、初めてのお客が入って来た。まだ前髪が残っている十歳ぐらいの男子と、三十半《なか》ばぐらいの男だ。

――親子かしら――

お園はそう思ったが、男は男子を「坊ちゃん」と呼んでいるので、どうもそうでもなさそうだ。

二人は小上がりに腰を下ろし、店の中を見回している。男はがっしりとした躰つきで、垢《あか》抜けているとは言い難《がた》いが、仕草に朴訥《ぼくとつ》な人柄が滲《にじ》み出ている。男子は頬が丸くまだあどけなさが残っているが、なかなか利発そうで、目に強い光を宿していた。

お園は二人に福茶を出した。漬小梅、黒豆、山椒《さんしょ》の三味を入れて煮た茶だ。二人は福茶を啜《すす》り、「いい味だ」と笑顔になる。

昼餉は二種から選べた。

「鰊《にしん》と数の子を使った〝親子飯〟と〝親子雑煮〟がございますが、どちらにいたしましょう」

お園が訊《たず》ねると、「どちらも美味しそうだ」と困ったような顔をしながら真剣に悩む。そんな二人に、お園は微笑みつつ提案した。

「それならば、それぞれ別のものを注文なさって、分け合うというのは如何《いかが》でしょう」

「ああ、それがよい！　そうしよう」

男が賛成すると、男子がまだ幼い声で言った。

「では、私は親子飯をいただきます」

「なら、私は親子雑煮で」

「はい。かしこまりました」

お園は板場へ行き、作り始めた。昼餉の刻は過ぎてしまっていたが、訪れてくれたお客は心を込めてもてなしたかった。

お園が料理を出すと、二人は勢い良く食べ始めた。男は餅を頬張り、よく嚙み、呑み込んで唸った。

「ううん、旨い！　この、もっちりとした歯応え、堪りません。鰊がまた味を奥深くさせていますね。いやあ、旨い。今年初めて食べる雑煮だから、なおさらです」

「あら、お正月に召し上がらなかったんですか？」

「ええ。暮れも正月も道中でしたので」

二人はどうやら旅をしていたようだ。

「この親子飯も美味しいなあ。鰊は脂が乗っているから、どんどん食べてしまう。……でも、その雑煮も美味しそうだ。勘助《かんすけ》、分けておくれ」

勘助と呼ばれた男は、男子に雑煮を分けてやり、男子は勘助に飯を分けた。男子は雑煮を口にし、声を上げた。

「鰊のお雑煮ってこんなに美味しいんだ！　お餅も蕩けるようだ」

男子の無邪気な笑顔に、お園は目を細めた。鰊の入った雑煮は、伊達政宗公も好んだという。男子は雑煮を夢中で食べた。

「お餅にくっついた数の子が、もちもちコリコリ、堪らない」

「坊ちゃん、喉《のど》に支《つか》えさせないでくださいよ」

そう注意しつつ、勘助も勢い良く飯をかっこむ。飯を呑み込み、福茶を啜って、勘助は言った。

「でも鰊の雑煮って珍しいですね。私たちの故郷《ふるさと》では、鰤《ぶり》を入れますけれど」

「どちらからいらっしゃったんですか？」

お園が訊ねると、勘助は答えた。

「信州《しんしゅう》の高遠《たかとお》藩からです」

「まあ、それは遠いところを」

「ええ、訳がありましてね」

勘助は苦い笑みを浮かべ、男子と目を見合わせた。その時、男子の顔にふと歳に似合わぬ陰《かげ》が差したように見えた。男子も茶を啜り、名乗った。

「私は鈴本連太郎《すずもとれんたろう》。勘助は、鈴本家の下男です。三日前に江戸に着き、浅草《あさくさ》は東《ひがし》本願寺《ほんがんじ》の近くの宿に泊まっております」

歳はやはりお園が見たように、連太郎はちょうど十歳、勘助は三十四歳であった。

「江戸へは、連太郎坊ちゃんの生みの母親を捜しに参りました」

どうやら連太郎は、鈴本家に養子にいったようだ。連太郎の生みの母親は千鶴《ちづる》という名で、勘助は千鶴の特徴をお園に話した。

「歳は三十二。背丈《せたけ》は五尺と少し。すらっとして小柄です。色が白く、目は涼しげで、鼻筋が通っており、喜多川歌麿《きたがわうたまろ》が描く美女に似ているとよく言われていました」

「まあ、それは凄い。よほどお美しい方なのですね」

「ええ。高遠では美女で通っておりました。藤色と鶯色の着物が好きで、よく着ていましたね。花に喩《たと》えると寒椿《かんつばき》とも言われていました。女将さん、そのような女人に心当たりはございませんか?」

お園は少し考え、答えた。

「寒椿のような美女ですか……。残念ながら、ちょっと思い浮かびませんね。申し訳ありません」

お梅やお波もそれぞれ美人ではあるが、寒椿かと言われると少々違う気がする。そもそも、二人とも生まれが信州だとも、最近江戸に出てきたとも、聞いたことがない。

「そうですか。仕方ありません」

勘助は溜息をついた。

「千鶴様は料理が好きだったので、もしや料理屋勤めをしているのではないかと思い、江戸についてから料理屋を訪ね歩いているのです」

「そうなのですか。でも、料理屋といってもたくさんありますから、たいへんでしょう」

「ええ。『入谷《いりや》の辺りで見掛けた』という情報がありましたので、その近辺に絞って当たってみようと思っていたのですが、昨日、一昨日と入谷と浅草を探ってみても見つからず、今日は少し足を延ばして日本橋まで来ました」

「見つかるといいですね」

「頑張ってみます。千鶴様は、三味線《しやみせん》や踊りもとても得意で、玄人《くろうと》はだしでした。あの、もし、それらしき女人をお見掛けになりましたら、教えていただけますか」

頼む勘助に、お園は提案した。

「この近くの朝顔長屋というところに、絵のとても上手なお爺さんがいるんです。瓦版に人相書なども描いているので、腕は確かですよ。そのお爺さんに、人相書を頼んでみませんか」

勘助と連太郎は顔を見合わせ、声を揃《そろ》えて頭を下げた。

「是非、お願いします！」

帰り際、お園は連太郎に炒《い》り豆を包んで持たせた。

「豆まきもしていなかったのではありません？　ここでしていきます？　あまったお豆は、お腹が空いたら食べてくださいね」

節分は立春の前日になるので、現代と違い、この時代はだいたい年明け前後である。

「ありがとうございます」

連太郎は嬉しそうに頷き、お園の店の前で、少し遅めの豆まきをした。

「福は内！」

〈福寿〉の前から、元気の良い声が〈晴《は》れやか通り〉に響き渡り、道行く人たちが振り返って見る。日溜まりで遊んでいた雀《すずめ》も、驚いたように羽ばたいた。

豆まきが済むと、連太郎は歳の数より一つ多く豆を食べた。店を訪れたばかりの時はどことなく強張《こわば》っていた連太郎の表情が和《なご》み、それがお園は嬉しかった。

連太郎は残りの豆の包みを大切に抱え、お園に再び礼を言い、勘助と一緒に帰っていった。


その夜、店が終わる頃に、勘助が今度は一人でやって来た。お園が酒と揚《あ》げ出し豆腐を出すと、勘助はそれを味わいつつ、千鶴が藩を去った経緯をぽつりぽつりと語り始めた。

知り合いが一人もいない江戸で、連太郎にも言えない愚痴《ぐち》を誰かに聞いてもらいたいのかもしれない。また、お園は情け深い雰囲気を持っており、打ち明けやすいということもあったであろう。実際、お園は人からよく相談事を持ち掛けられるのだ。

「申し上げましたように千鶴様ははっとするほどの美しさを湛《たた》えていらっしゃって、中小姓である奥村総太郎《おくむらそうたろう》様の妻女でありました。御子息にも恵まれ、お幸せに暮らしていらっしゃったのです。私はもともとは奥村家の下男だったのですが、千鶴様はお輿《こし》入れの時からずっと、私のような身分の低い者にも、それは優しく接してくださいました。料理も掃除も、端女《はしため》がいるにも拘《かか》わらず気さくになさってしまうのです。それで端女から『奥様、私どもにお任せください』などとよく言われていました」

「素敵な方ですね、千鶴さんって」

「ええ。魅力のある方です。芸事にも秀《ひい》でていらっしゃいました。……ところが、旦那様である総太郎様を悪く言うような者は、一人もいませんでした。……ところが、旦那様である総太郎様が急にお亡くなりになってしまったのです」

「まあ……お病気ですか？　それとも事故？」

「いえ、斬り殺されたのです。藩の御用人である岩瀬《いわせ》という男に」

お園は言葉を失ってしまった。勘助は続けた。

「でも、どこかおかしいのです。藩の役人たちの話では、総太郎様が突然発作《ほっさ》を起こしたかのように岩瀬に斬り掛かり、岩瀬が自分の身を守るために総太郎様を返り討ちにした、とのことなのですが……。すべては『奥村総太郎の乱心につき』とされ、奥村家は取り潰しになってしまいました」

「まあ……」

勘助は一息つき、再び続けた。

「しかし、どう考えても、総太郎様が突然斬り掛かるなど、されるわけがないのです。総太郎様はとても穏やかで、実直な方でありました。……それゆえ、斬り掛かったのが本当だとしたら、何か理由があったに違いないのです。岩瀬という男は、どうも胡散《うさん》臭く、信用の置ける者には思えません。旦那様の死の真相が、うやむやにされてしまったような気がしてなりませんでした。岩瀬は横暴な政《まつりごと》をしていたと聞きますので、それに怒りを抱いた総太郎様が逆上なさったのではないでしょうか。総太郎様は義の方でありましたから……」

「周りの皆様、お辛かったでしょうね」

「一番お辛かったのは、奥様であった千鶴様と、御子息の連太郎坊ちゃんだったでしょう。千鶴様の憔悴《しょうすい》は目に余るほどで、見ているほうも苦しかったです。千鶴様は総太郎様のことを真に思っていらっしゃいましたから、悲しみもひとしおでした。明るい笑顔が一切消えて、げっそりと窶《やつ》れ、青白い顔でうつむいてばかりになってしまいました。坊ちゃんはその時、六つで、父親の突然の死に、悲しみながら茫然《ぼうぜん》とされていました。葬儀の時よりも、中陰供養《ちゅういんくよう》の時に、涙をこぼしていらっしゃいましたね。死を実感したのでしょう。それから、坊ちゃんは変わられました。母親である千鶴様が落ち込んでいらっしゃったので、自分が少しでも母親を支えてあげたいと思っていたのでしょう。そして、自分たちを遺《のこ》して死んだ旦那様を恨むようにもなったのです」

「連太郎さん、御立派ですね。でも……お父様を恨むといいますのは、やるせないです」

お園は胸が痛んだ。

――あの子がふと見せる陰や強い眼差《まなざ》しは、そのようなことがあったからなのね――

「坊ちゃんは心優しい御方なのです。それゆえに、母親を悲しませた父親を許せなくなってしまったのでしょう。……でも、坊ちゃんにそれほど思われながらも、千鶴様は坊ちゃんを置いて、藩を出てしまったのです」

「それはどのような訳で？」

勘助は溜息をつき、声を絞り出した。

「……それが、よく分からないのです。総太郎様をお亡くしになられて、千鶴様が酷く憔悴なさってしまったのは誰の目にも明らかでしたから、堪えられぬ悲しみゆえの失踪としか考えられないのですが……」

勘助の話を聞きながら、お園は胸がちくりと痛んだ。失踪してしまった夫の清次のことを思い出したからだ。時が経ち、仕事にも周りの者にも恵まれて傷はほとんど癒えてきてはいるが、このような話を聞けばふと蘇《よみがえ》ってしまうのも無理はない。

お園は少し考え、訊ねた。

「でも、可愛いお子さんを置いていってしまわれたといいますのは、解《げ》せないような気がします。或る日突然、いなくなってしまわれたんですか？」

「ええ。……でも、その前に、私に坊ちゃんのことを色々頼んだりはしていらっしゃいました。実は、千鶴様は自害をなさろうとして、それを私が止めたことがあったのです」

「まあ……それは」

「相当苦しんでいらっしゃったのだと思います。総太郎様とは本当に仲がよろしかったので。止めた時、私は申し上げました。『貴女《あなた》まで逝《い》ってしまったら、連太郎坊ちゃんはどうなるんですか』、と。それは必死で説得し、励ましましたよ。すると思いが通じたのか、千鶴様は正気に戻り、死ぬことを考えるのはやめてくださいました。そして、私に頼まれたのです。連太郎坊ちゃんを、どこか良いところに養子に出したい。父親と母親が揃っていて、出来れば貧しくはない家に。それが、坊ちゃんのためになるから。そのような家の当てはないだろうか、と。私は尽力《じんりょく》し、坊ちゃんの養子先を見つけ、お世話をしました。それが鈴本という名主の家でありました。貧しい侍の家にいくよりは、裕福な名主の家にいくほうがよいと考えたのです。名字帯刀も許されておりますしね」

「勘助さんも今は鈴本家で働いていらっしゃるのですか？」

「はい、そうです。鈴本家は、坊ちゃんと一緒に私のことも受け入れてくれました。気心が知れた下男がついていたほうが坊ちゃんも安心だろうと、配慮してくださったのです」

「お気遣いある、良い養子先のようですね」

「ええ。仰《おつしや》るように、鈴本家は気遣ってくださいます。坊ちゃんのことも、私のことも。そんな良い家に坊ちゃんを任せることが出来て、安心していたところでした。それなのに千鶴様は置き文《ぶみ》を残して、藩を出て行ってしまわれた……」

お園と勘助の目が合う。勘助の深緑色がかった目は、憂《うれ》いを湛えていた。

「文には、こう書かれてありました。『江戸へ参ります。連太郎は新しい親のもとにいったのですから、古い親である私が近くに居ては、あの子のためになりません。連太郎のこと、何卒《なにとぞ》よろしくお願いいたします。我儘《わがまま》お許しください』、と」

お園は少し考え、口にした。

「私は子供を持ったことがありませんので、そのような親御さんの気持ちは分かりかねるところもあるのですが……。『古い親である私が云々《うんぬん》』と仰るのは理由づけであって、千鶴さんは連太郎さんの傍《そば》にいらっしゃると、亡くなった御主人のこと、そして三人で過ごされた幸せな日々を思い出してしまうのがお辛かったのではないでしょうか」

勘助は酒を啜り、弱々しい声を出した。

「そうだったのでしょうね。……千鶴様がそれほど苦しんでいらっしゃったのに、私は何も出来なかったのが悔やまれて仕方がないのです。なんて無能な男なのだろう、私は」

「そんな……勘助さん、千鶴さんのことじゅうぶん励まされたではありませんか。千鶴さんが命を落とさずに済んだのも、勘助さんのおかげでしょう」

「いえ、そのようなことではないのです。……私が悔しいのは、逃げ出したいほどだった千鶴様の孤独を、真には理解出来ていなかったという、自分の愚《おろ》かさなのです。それゆえ、私が申し上げたことは何も、千鶴様には少しの慰《なぐさ》めにもならなかったでしょう」

「御自分をあまり責めないほうがよろしいと思いますよ」

お園は板場へと行き、新しい熱燗《あつかん》を持ってきて、勘助の猪口に注いだ。

「ありがとうございます。……誰かにそう言ってもらいたかったのかもしれません」

勘助は小声で礼を言うと、猪口の酒をぐっと呑み干した。静かな店の中、大きめの火鉢に載せた鉄瓶の、湯が沸く音が響いている。湯気の湿り気が、飾ってある福寿草をそっと撫でる。

「今夜も寒いですね」

お園が微笑みながら言うと、勘助も頷いた。勘助は暫《しば》し酒を呑み、再び口を開いた。

「千鶴様はお代官様の娘でしたが、御実家はなくなってしまっております。それゆえ頼る武家も他になく、私に坊ちゃんの養子先の手配を頼まれたのでしょう。……千鶴様が藩を出て行かれて、江戸へ捜しに行きたいと思ったことも幾度かありましたが、何の手掛かりもなく、躊躇《ためら》ってしまっていました。ところが、参勤交代から帰って来た中間《ちゅうげん》の中に、千鶴様を江戸で見掛けたという者たちがいたのです」

「どちらでお見掛けになられたのでしたっけ」

お園は思わず身を乗り出した。

「入谷です。高遠藩の下屋敷は内藤新宿《ないとうしんじゅく》にあって、中間たちはそこにいるのですが、その……吉原《よしわら》のほうへ時折遊びに行っていたようなのです。それで遊びに行った翌日、仕事が休みだったので、入谷で一杯やっていこうとうろうろしていたところ、千鶴様を見たと」

「それは確かなのですか」

「ええ……確かと言い切ることは出来ないでしょうが、その中間は二人とも『千鶴さんだった』と話していたので、見込みは高いと思います。お好きだった藤色の着物をお召しになって、相変わらず人目につくお美しさだったようです。いっそう艶《あで》やかで、目を見張ったとも言っておりました」

勘助はふと口を噤《つぐ》み、酒を啜った。

「お見掛けしたという時刻は、いくつぐらいだったのでしょう」

「午頃《ひる》だったそうです。中間たちが気になって後を尾《つ》けてみたところ、途中で見失ってしまったとのことでした。その話を聞いて、もしその女人が本当に千鶴様であったとしたら、江戸でお元気に過ごしていらっしゃるのだと非常に嬉しい反面、心配も込み上げて参りました」

「どのような暮らしをなさっているかと、御案じになられたのですね」

「仰るとおりです。千鶴様はもともとは武家の御息女なのです。そのような方が、遠い江戸まで一人でやって来て、親類縁者を頼るわけでもなく生きていると思えば、心配になって当然でありましょう。まさか、騙されて売り飛ばされたのではないかと思う日もあります。それゆえ、千鶴様の今の状況を、是非とも見届けたく思ったのです。……また、連太郎坊ちゃんへの懸念もありました」

「お母さんに会いたがっていらしたのでしょう」

「そのとおりです。千鶴様が藩を出て行かれたのが、三年半ほど前です。私は千鶴様に頼まれたことを守り、いつも坊ちゃんを気に掛けて参りました。早いもので、六歳だった坊ちゃんも十歳になりました。先にも申し上げましたが、鈴本家は坊ちゃんのことも私のことも、それは気遣ってくださいます。この度の江戸での金子《きんす》も、出してくださっているのは鈴本家なのです。坊ちゃんのお義父上《ちちうえ》もお義母上《ははうえ》も、実子である御息女と些かも分け隔《へだ》てなく、坊ちゃんのことも可愛がって育てていらっしゃるのです」

「そうなのですか……。それほど良いお家にありながらも、連太郎さんはやはり実母である千鶴さんを思っていらっしゃるのですね」

「そうなのです。坊ちゃんの千鶴様への思いは、強いものです。やはり、生みの母への思慕は断ちがたいものなのでしょう。会えねば会えぬほど、坊ちゃんの思いは強くなっていくようでした。そのことは私だけでなく、義父母様方も気づいていたのです。そんな時、中間たちの噂《うわさ》を坊ちゃんもどこかで耳にしたようで、『母上に会いたい。一目でいいから会いたい』と口にするようになったのです。坊ちゃんは千鶴様の消息を、どうしてもお知りになりたいのでしょう。それは私も同様でした。しかし今は鈴本の家に仕《つか》える身、勝手なことは出来まいと燻《くすぶ》っていたところ、鈴本のほうが気を利《き》かせてくれました。義父母様方は坊ちゃんの気持ちを汲《く》み取り、藩に江戸への遊学を願い出たのです。そして、私が坊ちゃんに付き添うことになった、というわけです」

「そうだったのですか。千鶴さん、どうしても見つけ出したいですね」

「ええ……手こずりそうですけれどね。すみません、こんな話を。頼りになる人が誰もいなくて。話を聞いてもらえるのが女将さんくらいしかいないもので」

勘助は弱々しい笑みを浮かべた。

「坊ちゃんと『必ず戻って参ります』と約束をして、鈴本家を離れたのです。でも、そこまでしてもらっても、坊ちゃんは義父母様方の気持ちなどまったく気づいていないようで。ただひたすら、実の母親に会いたい一心なのです。……千鶴様に会って気が落ち着けば、お父上への憎しみも少しは治まるのではないかと期待しているのですが」

「十歳の男子が憎しみを抱いているって……切ないです、本当に」

お園は溜息をついた。勘助は肩を落とした。

「千鶴様に会って、坊ちゃんを置いて藩を離れた真の理由を、訊いてみたいようにも思うのです。坊ちゃんもそれがいまひとつ分からないゆえ、納得出来ず、蟠《わだかま》りが残っているのでしょうから」

「入谷の辺りは、念入りにお捜しになられました？」

「ええ。こちらに五日に着いてずっと捜しておりましたが、まだ見つかりません。坊ちゃんの一途な思いにほだされて江戸へ来ましたものの、さて、本当に千鶴様を捜し出すことが出来ますでしょうか……。正直なところ、少々弱気になってきております」

勘助は両の手で、顔を覆《おお》った。広い江戸へやって来て、疲れが出ているようだった。

酒も廻っているのだろう。勘助は福寿草の鉢に目をやり、ふと言った。

「今でも鮮やかに覚えております。千鶴様が藩を出て行かれる前、最後にお会いした時でした。坊ちゃんの養子先が決まったことを告げると、千鶴様はたいそうお喜びになりつつも、秋の野辺に咲いている茴香《ういきょう》の花を見ながらぽつりと仰って、涙を一滴こぼされたのです。『われ落ちにきと人に語るな』、と」

お園は何かを言い掛けようとして、ふと口を噤《つぐ》んだ。勘助は続けた。

「恐らく、何かの一首からの言葉なのでしょう。千鶴様は和歌もお好きだったので、御自分で詠《よ》まれた歌だったのかもしれません。そのふと漏らしたお言葉が、長らく私の心に残っているのです。われ落ちにきと人に語るな。家が取り潰され、自分が落ちてしまったことを、どうか噂にしないでほしい……そんな思いが込められていたのでは。そう考えると、やるせなさが募《つの》り、どうして私はもっと千鶴様を励ましてあげることが出来なかったのかと、悔やまれてならないのです」

「茴香の花って、黄色くて粟のように咲きますよね。よい香りで」

「ええ、後に人に聞いたのですが、〈くれの母《おも》〉、と昔は呼ばれていたようですね。初めて聞きました時、〈暮れの母〉と思い、千鶴様は茴香の花に黄昏《たそがれ》ゆく御身を重ねられていたのではないかと、切なくなってしまいましてね。ですが、それは私の誤解であり、本当の字は〈呉の母〉で、西洋から清に渡り、日本に伝来した花とのことです。しかし私にとって、千鶴様が寂しげな目で眺めていた茴香は、やはり〈暮れの母〉と思えるのです」

「茴香のお花と、千鶴さんが重なってしまうのですね」

「ええ。千鶴様が呟かれた、『われ落ちにきと人に語るな』という言葉が妙に心に引っ掛かって、なんといいますか、胸騒ぎがしたのです。あの時、止めることが出来ていれば……」

勘助は拳で軽く額を打つ。

そんな勘助に、お園は優しく言った。

「大丈夫、捜して参りましょう。また連太郎さんを連れて来てください」

三

翌日の昼餉の刻が終わると、お園は店に蝦錠《えびじょう》を掛け、買い出しへと出掛けた。その帰り、近くの〈晴れやか稲荷《いなり》〉に寄ってお参《まい》りをした。

ここ数日、天気が良い。陽射しを浴びて、白や薄紅色の山茶花《さざんか》が煌《きら》めいている。お園が稲荷に寄るのは、山茶花を見たいがためでもあった。

——山茶花と寒椿って花も葉もとても似ていて、区別がつきにくいのよね。山茶花のほうが丈が高くて花びらが少ないから、分かるけれど——

山茶花の柔らかな花びらにそっと触れ、お園は思った。

——そういえば、千鶴さんは寒椿のような女《ひと》って、勘助さんが言っていたっけ。山茶花よりも花びらが多いせいか、やはり寒椿のほうが華やかに思えるわ。寒椿に喩えられる千鶴さんて、どんな人なのだろう……。きっと、とても艶やかでお美しいのね。あのお二人がどうしてももう一度会いたいという気持ち、分かるわ——

白い山茶花の甘く優しい香りが、お園をふっと悩ませる。すると、もやもやしたものが心に湧いたが、それが何か自分でも分からず、お園は額にそっと手をやり溜息をついた。

その夜、店が終わる頃、勘助が連太郎を連れて来た。

「いらっしゃいませ」

お園が微笑み掛けると、連太郎は少し照れくさそうな顔をした。二人は小上がりに座り、お園は二人に、まずは〝鰤のお雑煮〟を出した。鰤の切り身、餅のほか、椎茸《しいたけ》、大根、ほうれん草、蒲鉾《かまぼこ》が入っている。出汁《だし》は椎茸と昆布から取った。椀を見て、連太郎は目を輝かせた。

「わあ、江戸で食べられると思わなかった！」

そして「いただきます」と夢中で頬張り始める。脂の乗った鰤と、蕩ける餅の組み合わせは豊潤《ほうじゅん》な味わいだ。連太郎は目を細めて、雑煮を嚙み締めていた。お園は思った。

――お母さんを思い出しているのね。故郷の味だもの――

汁まで飲み干し、勘助は声を上げた。

「いやあ、実に旨かった！　故郷の雑煮より味が少し濃かったですが、それがまた良かったです。なんだか疲れが取れて、元気が出ました。それから故郷では餅を煮るのですが、焼いてましたでしょう。それが絶品でした！　ちょっと焦げてるところが芳《こう》ばしくて、そこにまた汁が染み込んで、堪りませんでした」

「うん、勘助の言うとおりだ。焼いた餅を入れているから、歯応えがあって、食べ応えがあるんだ。この前食べた鰊の雑煮は煮た餅で、あれはあれで美味しかったけれど、これもまた旨い」

「よかったです。喜んでいただけて」

二人の満足げな顔を見て、お園も笑みを浮かべる。お園は次に〝鰊の柳川鍋《やながわなべ》〟を出した。

「故郷のお味の後は、江戸のお味をお楽しみください」

湯気の立つ熱々の鍋に、連太郎も勘助もうっとりした表情で息を吸い込む。甘辛いような香りが、また堪らないのである。柳川といえば泥鰌《どじょう》が一般的であるが、お園は鰊を使った。鰊とささがき牛蒡を、出汁と醬油と酒と味醂で柔らかくなるまで煮込み、溶き卵で閉じたのだ。

二人は鍋に食らいつき、「旨い！」と声を揃えた。連太郎は小さな口で「ふぅふぅ」と息を吹き掛けて冷ましながら、鰊を頰張る。

勘助も額に汗を浮かべて、鰊の脂と牛蒡の旨みが滲んだ汁を啜る。夢中で飲むあまりに勘助が噎《む》せ、連太郎に「大丈夫か」と心配される。そんな二人が、お園は微笑ましかった。

鰊を味わいながら、連太郎が言った。

「鰊って本当に旨いな。数の子のお母さんですよね」

「数の子もあるわよ。食べる？」

「うん！　……あ、はい」

お園は連太郎に優しい眼差《まなざ》しを送った。

「いいわよ。『うん』、で。ここではくつろいでね」

お園は板場へといったん戻り、数の子を載せた小皿を二人へ運んだ。

「坊ちゃん、たくさん食べてね。勘助さんも」

すると連太郎がお園に言った。

「私のこと、これからは名前で呼んでください。坊ちゃんではなく、連太郎、と」

連太郎の声はまだ幼さが残っているが、口調ははっきりとしている。お園は微笑んだ。

「はい、そうしますね。連太郎さん」

連太郎は頷き、数の子に箸を伸ばして頬張った。小さな白い歯が数の子をこりこりと嚙む音が、お園の耳に心地良い。勘助は数の子を柳川鍋に入れ、汁を染み込ませて齧《かじ》った。それを見て、連太郎も「私もやる」と真似《まね》をする。お園は思った。

――複雑な思いを胸に江戸へ来たようだけれど、笑顔で御飯が食べられるのなら、ひとまず安心だわ――

連太郎は鰊と数の子を一緒に頬張り、力強く噛み締めた。お園は連太郎に教えた。

「鰊ってね、〝春告魚《はるつげうお》〟とも言うのよ」

連太郎がお園を見つめる。お園も見つめ返した。

「まだ寒いけれど、本当の春はすぐそこまで来てるってこと。大丈夫、お母さん、きっと見つかるわ」

お園の優しい笑顔に、連太郎の目が思わず潤《うる》んだ。連太郎は再び大きく頷き、熱い汁をずずっと啜る。勘助は無言で、お園に頭を下げた。

こうして連太郎の母親捜しを、お園も手伝うことになった。二人のことを、放っておけなかったのだ。

お園は二人に朝顔長屋の幸作を紹介し、千鶴の人相書を描いてもらった。

「凄い！　母上そっくりだ！」

「いやあ、これは素晴らしい。よく特徴を摑んで描いてくださいました」

連太郎も勘助も感嘆の声を上げた。幸作は照れくさそうに頭を掻いた。

「まあ、歌麿の絵みてえには描けないけどよ。そんな美人さんなら、見つかったら是非描いてみてえもんだ。頑張って捜しておくれな」

「はい、ありがとうございます」

連太郎と勘助は幸作に丁重に礼を述べ、頭を深く下げた。

二人はそれを手に、再び意気込んで千鶴を捜し始めた。

一品目　故郷《ふるさと》の味

一

睦月《むつき》も半ばになると、さすがにお屠蘇気分も抜けてくる。連太郎が江戸に来て十日が経つが、この頃毎日のように〈福寿〉を訪れていた。すっかり気に入ってしまったらしく、入り浸《びた》っているのだ。

「勘助がいては好きに動けない」などと理由をつけては、一人でも〈福寿〉にやって来る。勝手にいなくなった連太郎を捜して、勘助が慌てて店に駆けつけたこともあった。

「坊ちゃん、出掛ける時は一言仰ってくださいと申し上げたではないですか！」

勘助に怒られても、連太郎は「だって勘助、疲れて寝てたじゃないか」と言い返し、どこ吹く風といったように悪びれない。二人の遣《や》り取りに、お園が苦笑するのも度々であった。

――さすが男の子ね。生意気だわ。……憎めないけれど――

連太郎はどうやら母親を捜しながらも、江戸の町を楽しみたいようだ。

――連太郎さんの歳で、お酒を出すこのような店に入り浸るのは正直感心しないけれど、元気なのは嬉しいわ。〈福寿〉の雰囲気が、あの子のささくれだった心を癒《いや》しているのかもしれない——

お園はそう思い、連太郎が店に毎日顔を出すのも、大目に見てあげていた。

「こんにちは！」

昼餉の刻が終わる頃、連太郎は今日も〈福寿〉にやって来た。

「おう、連坊、待ってたぜ。こっち来な」

先客の八兵衛とお波が手招きする。連太郎は「はい！」と元気良く返事をして、小上がりにいる夫婦の間に座った。そんな連太郎に、八兵衛はあたかも孫を見るかのように目尻を下げている。

お波も相好《そうごう》を崩して、連太郎の肩を抱き締めた。

「連さん、鱈腹《たらふく》お食べ。あたしたちのおごりだからね」

「ありがとうございます」

「連さん見てると、なんだかあたしまで元気になっちゃうわあ。清々《すがすが》しいっていうかさ。……ねえ女将さん、連さんに早く昼餉出してあげて！」

「はい、ただいま」

お園は板場から返した。連太郎は夫婦に挟まれ、熱い眼差しを浴びながらお茶を啜る。お園は板場から声を掛けた。

「お波さん、連太郎さんのことが可愛くて仕方がないんでしょう」

「そりゃそうよ！　もう、うちの子にしたいぐらい」

「駄目、駄目。お前なんぞが育てたら、甘やかし過ぎて、とんだ遊冶郎《ゆうやろう》になっちまうわ。な、連坊」

八兵衛は笑いながら連太郎の頭を撫でる。お波は目を吊り上げた。

「あら、聞き捨てならないこと言うじゃないの。ふん、あたしがお前さんより連さんを好いてるのが悔しいんでしょう」

「また、莫迦《ばか》なことを。……ったく、ああいえば、こういう、焦《じ》れったい女よのお」

「ふふん、おかげさまで焦れった結《むすび》でございます」

「このお」

八兵衛はお波の艶やかな黒髪に、そっと手を伸ばした。焦れった結とは、洗い髪を無造作に櫛巻《くしまき》にしたもので、お波によく似合っている。

連太郎は大人たちの間に入って、臆《おく》することもなく楽しそうだ。

「お二人とも仲が良いのはよろしいですが、連太郎さんに呆れられないようにしてくださいね」

お園は夫婦を軽く睨《にら》みつつ、連太郎に昼餉を運んだ。

今日の品書きは、御飯、大根と油揚げの味噌汁、べったら漬け、大根の葉と鰹《かつお》節《ぶし》を胡麻《ごま》油で軽く炒《いた》めたもの、鯖《さば》の照焼だ。

連太郎は早速、鯖に箸を伸ばして、言った。

「いえ、仲良きことは美しいことです。気にしておりませんので、八兵衛さん、お波さん、どうぞ続けてください」

その生意気な口ぶりに、お園たちは顔を見合わせ、噴き出しそうになる。連太郎は無邪気にひたすら料理を頬張った。


その夜も、連太郎は勘助と一緒に〈福寿〉を訪れた。酔っ払って小上がりを陣取っていた文太と竹仙が「旦那、ま、いっぱい」と勘助に酌をし、酒盛りが始まる。

連太郎はお通しの小鰭《こはだ》の酢漬けを食べながら、目を輝かせて大人たちを見ている。文太は調子に乗り、連太郎にも徳利を傾けた。

「連坊も、ま、いっぱい……おっと、まだ早《はえ》えな」

文太は赤くなった鼻の頭を掻き、わははと笑う。そこでお園がぴしゃりと言った。

「ちょっと文ちゃん！　あんまり悪乗りはしないでよ」

すると文太、「すみません」と素直に謝る。坊主頭を仄《ほの》かに染めた竹仙が、文太の肩を叩いた。

「女将、まあ、いいではないですか。連太郎さんも楽しそうですよ。すっかり〈福寿〉の人気者です」

お園は連太郎に目をやり、頷いた。

「確かに。さっきもお客さんに『今夜は連さんは来ないの？』なんて訊《き》かれちゃったわ」

勘助が恐れ入りつつ言った。

「坊ちゃんがお世話になってしまって、本当に申し訳ありません。こちらの店に行くと言ってきかなくて、坊ちゃん、勝手に宿を出て行ってしまうんですよ。もう少し遠慮というものを分かっているはずなのですが……こちらが、よほど居心地が良いのでしょう。女将さんのお料理が美味しいうえに、常連の皆様たちも面白い方ばかりですし」

「面白い……そうね、確かに」

お園は文太と竹仙に目をやりながら、思わずくすくすと笑ってしまった。文太は酒を呷《あお》り、懲りずに調子良く言った。

「女将、連坊を居候《いそうろう》させてやればいいじゃん。そんなにここが気に入っているんだったら。ほら、お里《さと》ちゃんの時みたいに」

竹仙もそれに同調した。

「居候、再びですか。それもいいかもしれませんねえ。連さんすっかり馴染《なじ》んでますから、お給仕ぐらい出来ますでしょう。女将、こき使って差し上げてくださいな。ははは」

お園と連太郎は顔を見合わせた。連太郎の目がきらりと光ったのを、お園は見逃さなかった。

文太も竹仙も呂律《ろれつ》が怪しくなるほど呑み、千鳥足《ちどりあし》で帰っていった。

「あの二人がいなくなると、店が急に静かになるわね」

苦笑いで片づけるお園に、勘助が訊ねた。

「居候なさってた方がいらっしゃったのですか？」

「ええ、数箇月の間でしたが。十七歳の娘さんでね、可愛い子でした。よく手伝ってもらって、有難かったですよ」

連太郎が階段を見つつ、問うた。

「ここの二階に居候していたのですか？」

「そうよ。二階には二つ部屋があるから、その一つを貸してあげていたの」

「ふうん」

連太郎は天井に目をやり、じっと見つめる。勘助が慌てて言った。

「坊ちゃん、そろそろ宿に帰りましょう。明日も早くから千鶴様を捜さなければ……」

「部屋は女子にしか貸さないのですか？」

連太郎は勘助の話など耳に入っていないようだ。

「別にそういう訳ではないけれど……」

お園と連太郎の眼差しがぶつかり合う。連太郎の目が、悪戯《いたずら》っぽくくりくりと動いた。

お園は少し考え、連太郎が恐らく言ってほしいことを、口に出してあげた。

「連太郎さん、何ならここに居候してみます？」

連太郎の顔がぱっと明るくなる。だが、その隣で勘助は「いや、その」と慌てふためく。お園は続けた。

「その代わり、色々お手伝いしてもらいますよ。掃除、洗濯《せんたく》、お店の片づけなども。私は甘やかしません。それでもいいですか？」

お園が微笑み掛けると、連太郎は二つ返事で答えた。

「はい、もちろんです！　しっかりお手伝いいたしますので、よろしくお願いします！」

連太郎は生き生きと目を輝かせる。勘助は恐縮し、泣きそうな声を出した。

「女将さん、お気持ちは嬉しいのですが、そんなことまでしていただいては、申し訳が立ちません」

「お気になさらないでください。こんな小さな店をそれほど気に入ってくださったなんて、嬉しいことですもの。責任を持って大切にお預かりしますので、御安心なさってくださいね。初午が来ましたら、知り合いが開いている寺子屋にもちゃんと通わせますので」

「でも……本当にお言葉に甘えてよろしいのか……」

「もちろんです。だから勘助さんは、しっかり千鶴さんを捜してあげてください。ね」

お園に見つめられ、勘助はうつむいてしまった。

連太郎の前なのでお園は口には出さなかったが、こう思っていたのだ。勘助は連太郎と一緒でないほうが、千鶴を捜しやすいのではないかと。

藩に戻って来た中間が千鶴を見たといったのは、吉原の帰り、入谷でだったという。それゆえ、今後、もしかすると遊里や花街などを調べる必要も出て来るかもしれない。そこに連太郎を連れていくことは無理であるし、これから先、知り得たこと全てを連太郎の耳に入れるのも憚《はばか》られるだろう。つまりは、連太郎と勘助は、少し離れていたほうがよいということなのだ。

このことは、勘助自身も気づいているであろうが、お園に迷惑を掛けたくなくて躊躇っているようであった。

「勘助、私なら心配ない。女将さんの役に立てるよう、手伝いもちゃんとする。学問を忘れぬよう、寺子屋にも通う。もちろん、母上を捜すことだって、出来る限り、する。だから、ここに置いてもらってもいいだろう?」

「勘助さん、私からもお願いします。連太郎さんを、ここで修業させてあげてください」

連太郎と勘助がお園を見た。連太郎が鸚鵡《おうむ》返す。

「修業、ですか？」

「そうです。ここに来る、色々な人たちを見て、学び取ることも、人生の勉強。すなわち修業です。寺子屋の学問も大切ですが、普段の生活から学ぶことも大切と思います」

連太郎はお園をじっと見つめ、頷いた。勘助は暫《しばら》く黙っていたが、重い口を開いた。

「坊ちゃんは言い出したら聞きませんからね。……女将さん、恐れ入りますが、坊ちゃんのことお願いいたします。私は責任を持って、千鶴様を捜し出しますので」

勘助はお園に深々と頭を下げた。

こうして連太郎は〈福寿〉の二階に居候することになった。

二

「いらっしゃいませ！」

昼餉の刻、八兵衛夫婦とお民と良太が入って来ると、連太郎が大きな声で挨拶《あいさつ》をした。お園も板場から「いらっしゃいませ」と顔を覗《のぞ》かせ、また引っ込む。ほかにもお客がいて、忙しいのである。寺子屋が始まる初午の日は来月なので、それまでは連太郎に昼餉の刻もお運びなどをしてもらっていた。

まだ六つの良太が、連太郎を見て、つぶらな目をぱちぱちと瞬かせる。

「四つ上だとずいぶん違って見えるねえ。良太、あんたもそろそろしっかりしないとね」

お民に優しく小突かれ、良太は照れくさそうに微笑んだ。

「連さん、なんだか板についているわねえ。あたし、毎日食べに来ちゃう！」

たすき掛けした連太郎に、お波が目を細める。

「なに言ってんだ。俺たちは連坊がいない時から、ここに毎日のように押し掛けてたじゃねえか」

八兵衛はからからと笑った。四人が小上がりに座ると、連太郎が注文を訊いた。

「牡蠣《かき》の入った味噌煮込みにゅうめんと、牡蠣御飯、どちらにいたしましょう」

ちなみに、にゅうめんとは煮麵と書き、温かな汁を用いた素麵《そうめん》料理のことである。どちらの品書きも捨てがたく、皆、頭を悩ませる。

「牡蠣御飯も美味しそうだけれど、にゅうめんも温まりそうねえ」

「よし、俺はにゅうめんでいく！　手まで悴《かじか》んじまいそうなこんな日は、あったけえ汁を飲み干したいわ」

「おいらもにゅうめんがいい」

愛くるしい声を出す良太の頭を、八兵衛が撫でた。

「よしよし、一緒に食べような」

「じゃあ、あたしたちは牡蠣御飯にしようか。それでお互い分け合って食べてもいいしね。夫婦と親子で」

「そうね、そうしましょう。……でもさ、ここで昼餉を食べると、いっつも迷うのよね。どちらも美味しそうで、なかなか選べないのよ。だからさ、ねえ、女将さん！　今度、半々っていうお品書きを作らない？」

「え？　半々、ですか？」

お園がお茶を盆に載せ、ようやく板場から出て来た。

「そう。たとえば、今日だったら、牡蠣入りにゅうめんを一人前の半分、牡蠣御飯を一人前の半分、二皿併せて一人前、ってするの。両方を半分ずつ食べられるなんて、これウケるわよお！」

お波が嬉々として言う。八兵衛が相槌《あいづち》を打った。

「うむ。半々ってのはいいかもしれねえな。どちらも味わえるなんて、得した気分になるしな。女将、やってみろよ」

「そうね、頼む人、多いと思うよ。お園ちゃん、やってみたら？」

「おいらもいいと思うよ。だって、やっぱり牡蠣御飯だって食べたいもん」

良太が素直に言うと、皆、笑った。

「御意見ありがとうございます。そうね、半々料理、やってみるわ。お客様の御要望に合わせてこそ、ですものね」

「それでこそ女将、期待してるぜ」

八兵衛はからからと笑い、思い出したようにお園に問い掛けた。

「ところで、例の大食い大会で出す料理は決まったかい？」

「そうそう、お園ちゃん悩んでいたよね。何を出そう、って」

「うん……実はまだ決まってないのよね。どうしよう、後七日しかないのに。そろそろ〈笹野屋《ささのや》〉さんにも何を出すか知らせなくてはならないんだけれど」

お園は溜息をついた。

《日本橋大食い大会》とは毎年恒例の、日本橋を景気づけ、寒さを吹き飛ばそうというお祭りである。

主催者は大店《おおだな》の呉服問屋〈笹野屋〉だ。金があり余っているのでほぼ道楽で行っているが、食べ物を運ぶ娘たちに商品の着物を着せているので、店の宣伝にもなっている。お運びの娘たちというのは〝日本橋小町〟と呼ばれる面々であり、新春に相応しい、まさに地域のお祭りなのだ。この頃、実際に大食い大会は至る所で庶民のお祭りとして行われていた。文人・大田南畝《おおたなんぼ》（蜀山人《しょくさんじん》）によって観戦記録も残されているほどである。

そしてここ、日本橋では料理屋、菓子屋など食べ物屋が毎年〝大食いの品〟を提供するのだが、今年はお園の店〈福寿〉が選ばれた。

そのような派手な行事が苦手なお園は、「どうしよう」と怖《お》じ気《け》づいていたが、八兵衛たちに「これも店に来たくても来られない人のためと思って頑張りな。謝礼もけっこうもらえるんだろ」と励まされ、引き受けることにした。お波とお民も、当日は作るのを手伝うと約束してくれた。

しかし。いざ引き受けてみて、お園は困った。大食いで競われるような食べ物は、ほとんど出し尽くされてしまっていたからだ。たとえば、蕎麦《そば》、おむすび、寿司、団子、煎餅《せんべい》、天麩羅《てんぷら》などだ。

——何を出せば良いのだろう。大食いする人の躰にそれほど負担が掛からずに、しかも見に来た人にまで喜んでもらえるもの……って——

お園は実は大食い大会にあまり乗り気でもなかった。どれだけ詰め込むかを競う大食い大会では、味わって食べてもらうことが出来ないと思うからだ。とは言っても引き受けてしまったのだから、仕方がない。最善を尽くそうと思えば思うほど、お園は悩んでしまっていた。

「別に、にゅうめんとかでもいいんじゃないの？　あんまり汁を熱くし過ぎないようにして、食べやすくしてあげてさ」

「女将さんのお料理なら、出場する人たち、何だって喜ぶわよ。深く考えなくても大丈夫！」

「励ましてくださって、ありがとうございます」

お園は礼を述べつつも、出す料理にやはり拘《こだわ》ってしまうのだった。

勘助は人相書を手に、浅草の辺りも隈《くま》無《な》く捜しているようだったが、まだ千鶴は見つからなかった。

「手掛かりが『入谷で見掛けた』ということだけなんて、雲を摑むような話ですものね。やはり無謀だったのかもしれません」

連太郎が二階で就寝した頃、勘助は〈福寿〉にやってきて、お園に愚痴《ぐち》をこぼした。このところ勘助は毎日のように〈福寿〉に顔を見せている。連太郎が心配なのはもちろん、探索の経緯をお園に聞いてほしいようでもあった。

「焦《あせ》ることはないですよ。絡まってしまった糸も、少しずつ丁寧《ていねい》にほどいていけば、元のように戻りますよ」

お園が励ますと、勘助は頷き、静かに酒を啜った。

「思ったのですが……千鶴さん、入谷には鬼子母神《きしもじん》の参詣《さんけい》でいらっしゃっていたのではないかしら？　やはり連太郎さんのことが心のどこかにいつもあって、連太郎さんの無事を祈願なさっていたのかもしれません。鬼子母神は子育ての神ですからね。だから、鬼子母神の辺りを探ってみては如何でしょうか？」

「なるほど……鬼子母神を訪れていたというなら、分かります。ありがとうございます、あの辺りを徹底的に張り込んでみます」

勘助の声に明るさが少し戻った。

三

翌日の夜、〈福寿〉に伸郎《のぶろう》という男が食べに来た。この伸郎、大食い大会で七年連続優勝している、生粋《きっすい》の大食らいである。

猪《いのしし》にも似た風貌《ふうぼう》、肥えた躰、駕籠《かご》昇きを生業《なりわい》としているが、稼いだ金は呑み食いにぱっと使ってしまう。豪快な性格は男には好かれるものの、女に縁があるとは言い難く、三十路の男やもめであった。

寒風が吹く夜も、〈福寿〉はお客たちで賑わっている。お園が浅蜊《あさり》飯を出すと、伸郎は「おおっ！」と太い声を上げ、舌なめずりをした。浅蜊飯は伸郎の好物なのだ。

旬の浅蜊を葱《ねぎ》とともに醤油、味醂、酒、生姜《しょうが》で煮て、汁ごと御飯に掛けたものだ。お園は生姜をたっぷり入れたので、躰も温まって、こんな寒い夜には打ってつけである。コクのある匂いが、また刺激的だ。

浅蜊飯を丼《どんぶり》でかっこみながら、伸郎は不敵に笑った。

「いやあ、今年も俺が優勝だな。女将さんの作ったもんなら、底なしに食えらあ！」

　伸郎は相当の自信があるようだ。

「たまには負けてくれると有難《ありがて》えんだけどな。伸《のぶ》さんがずっと連続で優勝だと、瓦版もイマイチ盛りあがらねえんだよ。『またあいつか』ってさ」

「文太の兄貴よ。俺はマジもんで勝負してんだ。負けるわけにはいかねえんだよ。誰が瓦版屋を儲《もう》けさせるために出場するかってえんだ！　で、女将さん、もう一杯！」

　伸郎は文太に啖呵《たんか》を切って、お園に丼を突き出した。

「はいはい。ちょっとお待ちくださいね」

　お園は伸郎のお代わりを用意しに、板場へ戻った。文太は鼻の頭を掻き、唇を尖《とが》らせた。

「まあ、仕方ねえ。仲さんは真剣に勝負なさってるからな。今年はなんと女が初出場するみたいだから、その様子を書き立てるか」

　するとお波がこんなことを言った。

「ねえ、その人、両国で女相撲《おんなずもう》を取ってる女力士じゃない？」

「よくご存じで！　さすがお波さん、情報通でいらっしゃる」

文太は驚いたようだった。

「いえね、うちの近くの長屋に住んでる人の親戚の娘《こ》なんだって。長屋のおかみさんたちが噂してて、当日は皆で応援に行くって言ってたわ」

「誰の親戚なんだい？」

八兵衛が恋女房に訊ねる。

「ほら、治夫《はるお》さん。お夕《ゆう》さんの御亭主の」

「治夫？　へえ、あんな優男《やさおとこ》の親戚が女力士ってのは面白いじゃねえか」

「なんだか楽しみになってきたな、大食い大会。女力士の食いっぷりって、どんなものなんだろう」

そんな話を耳にして、箸を持つ伸郎の手が、一瞬止まった。「治夫、お夕」という名に、覚えがあるようだった。

店を出ると、伸郎は半纏《はんてん》を着込んだ肩をすくめて、横山町《よこやまちょう》へと向かった。横山町は小舟町とそれほど離れてはいない。肌を刺すほどの寒さだが、宵空に浮かぶまん丸の月はやけに眩《まぶ》しい。

伸郎は治夫が住む長屋を訪れたのだった。貧乏長屋の物陰から、治夫の様子を窺《うかが》う。相変わらずの二枚目だが、纏っている着物は継《つ》ぎ接《は》ぎだらけで粗末なものだ。家の中には、女房がいるようだった。咳《せ》き込む声が聞こえて来る。

仲郎は更に目を凝《こ》らす。赤ん坊の泣き声も聞こえてきて、闇の中で仲郎の目がぎらっと光った。

仲郎は腕組みをして暫《しば》し佇《たたず》んでいたが、何かを思いついたようににやりと笑うと、足音を立てぬように去った。

四

お園は朝のうちに湯屋へ行き、その帰りに市場に寄って、湯冷めを気に掛けつつ足早に帰って来た。

「おはようございます」

連太郎も起きて、店の小上がりの畳《たたみ》を乾拭《からぶ》きしていた。なかなかしっかり働くのである。

「おはよう。すぐに朝餉を作るからね。一緒に食べましょう」

「はい！」

連太郎はいっそう張りきって掃除をする。お園は板場へと行き、料理を始めた。

二人は二階の連太郎の部屋で、朝餉を食べることにした。火鉢に火を熾《おこ》し、部屋をじんわりと暖めつつ、二人は向かい合った。

御飯、小松菜と豆腐の味噌汁、納豆、海苔《のり》、大根の漬物、鰆《さわら》の西京（白味噌）焼きだ。

連太郎は口いっぱいに頰張り、嚙み締めた。そんな連太郎が、お園は微笑ましかった。

「すっかり慣れてきたみたいね、江戸の暮らし」

「はい。皆さん良くしてくださるので」

「いい人ばかりでしょ。皆、連太郎さんを可愛がってくれるし。連太郎さん、皆を本当の家族と思って、慕っていいのよ」

「はい。……でも、やはり早く会いたいです、母上に」

ふと、連太郎の素顔が覗いたような気がして、お園は思った。

――やはり、いつもは強がっているのね――

「そうよね。お母さんを捜しに、遠くから来たのですものね。大丈夫よ。勘助さん、懸命に捜していらっしゃるから、もう少し待っていれば」

「はい、勘助は頼りになりますから。私、勘助に言ったんです。ここにいると辛かったことを忘れられる、って。楽しい人たちが多いからかな。……だから勘助は、私がここにお世話になることを許してくれたのだと思います」

連太郎の口から「辛かったこと」という言葉を聞き、お園の胸が痛んだ。

――『忘れられる』と思うということは、『忘れていない』ということよね――

忘れるということが、傷が塞《ふさ》がるということが、どれほど時間が掛かるか、お園は知っている。亭主だった清次に去って行かれて、もうすぐ四年。ようやく傷が癒え、忘れられつつあるところだ。

――大人の自分がそうなのですもの、十歳の連太郎さんが秘めてしまった悲しみは、いかほどのものなのかしら――

お園は連太郎の心情を慮《おもんぱか》った。

「早くお母さんに会って、甘えたいでしょう。信州から江戸までの道中、何があったかなどお話ししたいんじゃない？」

「それも確かにありますが……私は、母上の口から真実を聞きたいのです。何故父は斬られたのか。何をしたのか。そして、いつか、出世して、そんな父に復讐《ふくしゆう》をしてやりたいのです」

お園は一瞬言葉を失った。十歳の子の口から「復讐」という言葉が出たことに、動揺したのだ。お園は連太郎を見つめ、やんわりと言った。

「……ねえ、復讐なんてことを言うのはやめたほうがいいんじゃない。それも、実のお父様に対して」

「どうしてですか?」

連太郎はお園を真っすぐ見つめた。連太郎の目には、いつもの無邪気さではなく、炎が灯っているように見える。お園が答えられずにいると、連太郎は思いをぶつけるように続けた。

「復讐してやろうと思ったって、仕方ないじゃないですか。父のせいで私たち家族は追い詰められ、離ればなれになってしまったのですから。そんな目に遭えば、憎いと思うのは当然でしょう。私は父上のようにはなりたくありません。……復讐を果《は》たしたら、いつか鈴本の家を出て、母上と一緒に暮らしたいのです。それを叶《かな》えるべく、江戸へやって来たのですから」

そこまで言うと連太郎の目が急に潤んだように見えて、お園の心が震えた。お園は箸を置き、掠《かす》れる声を出した。

「そうね。仕方ないことかもしれないわね。……でも、連太郎さんには明るい顔のほうが合っているわ」

連太郎も食べる手を止め、少しの間うつむいていたが、再び頬張り始めた。じんわりと暖まってゆく部屋に、漬物を嚙み締める音が響く。お園は障子窓に目をやり、洟《はな》を少し啜った。

「どこかで百舌《もず》が啼いてるね」

「信州でもよく啼き声を聞きました」

連太郎は味噌汁を飲み、ぽつりと言った。


大食い大会が迫って来たというのに、お園は出す料理がなかなか決まらない。

「ああ、どうしましょう！　もう、こうなったらうどんか素麵でもいいかしら。でも、なんだか芸がないような気もするのよね」

お園は腕を組み、溜息をつく。昼餉の片づけをしながら、連太郎がぼそっと言った。

「そういえば……母上がよく作ってくれた料理、とても美味しかったなあ。いくらでも食べられました」

お園は連太郎を見つめた。その味を思い出しているのだろう、連太郎は懐かしそうな顔をしている。お園は——それが食べたいのね——と読み取り、訊ねた。

「それはどんな料理なの？」

「私たちの故郷では〝五平餅《ごへいもち》〟というのですが」

「五平餅？　どうやって作るか分かる？」

「はい、だいたいは。御飯を硬めに炊いて、それをすり潰して……」

あまった御飯があったので、お園は連太郎の説明どおりに作ってみることにした。

すり潰した御飯を握り、引き裂き箸（割り箸）に絡みつかせて固めてゆく。草履《ぞうり》のような楕円《だえん》の形に調《ととの》え、少し乾かす。この間に、たれを作る。連太郎は「味噌だれ」と言ったので、お園は味噌に醬油と味醂を少々混ぜ合わせて作ってみた。

そして箸に固めた御飯を、網でまずは何も塗らずに両面を白焼きする。次に片面にたれをたっぷりと塗り、軽く焦げ目がつくまで焼く。もう片面にもたれを塗り、同様に焼く。

「この、少し焦げたところが美味しいんです」

店に味噌だれの芳ばしい匂いが漂い、連太郎は待ちきれぬように喉を鳴らした。

「これでいいのかしら、五平餅って？」

「はい、だいたい、そんな感じです」

お園は焼き上げたそれを皿に載せ、連太郎に出した。連太郎は唇を舐《な》め、かぶりついた。

「あ、熱っ！　ふう、でも美味しい……熱っ！」

焼き立ての五平餅の熱さに苦戦しつつも、その味には抗《あらが》えぬのだろう、連太郎は口いっぱいに頬張る。

「慌てて食べると喉に支《つか》えるわよ。気をつけてね」

お園は瓶《かめ》から水を汲み、連太郎に出してやった。自分が作った料理を笑顔で噛み締める連太郎が、微笑ましい。

「ああ、美味しかった！　御馳走様《ごちそうさま》でした」

五平餅二つをぺろりと平らげ、連太郎は満足げな笑みを浮かべてお腹をさすった。

「良かった、喜んでくれて嬉しいわ。五平餅って初めて作ったけれど、なかなかいいわね。箸に刺してるから食べやすそうだし。なるほど、信州の郷土料理なのね」

「そうです。潰した御飯に味噌だれをつけて焼くというのがよくあるものですが、母上が作ってくれたのはちょっと違いました」

連太郎は水を飲みつつ、言った。どうやら千鶴が作っていた五平餅は、独自の特徴があるものだったようだ。

「どのあたりが違うのかしら？　たれがもっと凝っているの？」

「たれというより、御飯です。赤紫蘇《あかじそ》の実が入っているふりかけを混ぜるんです」

「まあ、それは美味しそうね。赤紫蘇のほかには何が入っていたか覚えている？」

「うーん、白胡麻も入っていたかな。そのふりかけがとっても美味しくて、それだけでも御飯が何杯でも食べられました。その赤紫蘇のふりかけ御飯で五平餅を作ると、いっそう美味しくて、まさに五平五合《ごへいごんごう》でした」

「五平五合ってどういう意味なの？」

「五平餅は美味しいから、五合ぐらいの御飯は食べられるという意味だそうです。母上が言ってました」

「なるほど。……確かに、お母さん秘伝のその作り方だと、より美味しいでしょうね」

お園は味噌だれを指で掬《すく》ってぺろりと舐め、頷いた。

「これを食べると、故郷の風景を思い出します……」

そう呟いた連太郎の言葉を聞いた時、お園にある思いが去来した。

――見ている人にも、心の故郷を思い描いてもらおう――

そして、〈福寿〉に来たら故郷を思い出せる、と伝えるのだ。

その夜、連太郎が眠った後、お園はもう一度五平餅を作ってみることにした。千鶴のように、赤紫蘇の実を使って。赤紫蘇の実を醤油と味醂と酒で煮込み、水分が飛んだら白胡麻を混ぜ合わせる。それを御飯に掛けると、連太郎が言ったように、それだけでいくらでも食べられそうなほどだった。

お園はその御飯で、五平餅を作った。赤紫蘇ふりかけの微《かす》かなしょっぱさが、味噌だれの仄かな甘みとよく合って、食欲がいっそう増す。お園は「よし！」と微笑んだ。

――ついに大食い大会に出す料理が決まったわ。この五平餅でいきましょう。お味噌も赤紫蘇も躰に良いから、これなら少々食べ過ぎても健康を損ねないだろうし。それに……これを見て噂がたったら、千鶴さんが興味を持って来てくれるかもしれない――

教えてくれた連太郎に感謝しつつ、お園は五平餅を頬張り目を細めた。


寒月が冴《さ》える夜、〈福寿〉では常連客たちがまたも大食い大会について語っていた。伸郎も居合わせ、皆の話に耳を傾けている。

お波は竹輪のいそべ揚げをぱくぱく食べながらも、姦《かしま》しい。

「そういえば治夫さん、大食い大会に出るか否かで悩んでいるみたいよ」

「治夫も出るってのか？　……ああ、そうか。お夕さんの具合が悪くて、薬代が必要なのかもしれねえな」

八兵衛は竹輪と若布《わかめ》の酢の物に舌鼓を打っている。

「そうみたい。薬が今すぐ必要なんだって。それが高額で、すぐに金子が手に入るようなものは大食い大会しかない、って。でも、治夫さん、勝てるわけないって思ってるみたい。それで出場を躊躇っているらしいのよ」

「かみさんが病気なら、そりゃたいへんだなあ。俺はやもめだけど、そういう話を聞くと、切実だよ。調べてて耳に入ってくるのも、景気のいい話ばかりじゃねえからな」

文太が苦い顔で酒を啜る。

「呑気に大食い大会に興じる者がいる裏では、本当に困っている人もいるんですね。皮肉なものです」

熱燗を運んできたお園は、竹仙の言葉に、ふと立ち止まってしまった。お園をちらと見て、八兵衛が言った。

「まあ、大食い大会は、毎年恒例のお祭りだからな。そこまで深く考えることはねえよ」

「そうよ。そんなこと言っていたら、何も楽しめなくなっちゃうもの！　お祭りと思って、ぱっといきましょう、ねえ、女将さん」

「え、ええ。そうね。……とにかく、無事、終わらせたいわ」

お園は熱燗をお波に渡し、板場に戻った。

皆の話を耳にし、伸郎は薄笑みを浮かべていた。

治夫は仕事帰り、千鳥橋《ちどりばし》の上で、伸郎に前を遮られた。陽が沈みかけ、紺《こん》色と橙《だいだい》色が混ざり合った空が広がっている。

伸郎は治夫を睨み、凄んだ。

「大食い大会で、勝負をしようぜ」

治夫も伸郎を睨《ね》め返した。空が重くなり、鴉《からす》の啼き声が響いてくる。伸郎はにやりと笑った。

「誰だ、お前は」

「さあな。ただ、文無しの甲斐性無しよりは、ましな人間だよ」

治夫は無視をして横を通り過ぎようとした。だがしかし、その前をまた伸郎が塞ぐ。

「俺が勝ったら、賞金で薬を買ってやろう。その代わり、お前の持つすべてを寄越せ。お前の家、金、道具……嫁さん、すべて、だ」

「何故お前とそのようなことを……」

「いいのか？　今のままだと、もしお前が負けたらお前の嫁さんは死んじまうんじゃねえのか？　お前が負けても助かるんだぜ。こんないい話ないだろうがよ」

治夫の顔色が変わった。暫し、二人は無言で睨み合った。治夫は躊躇っていたが、薬代がどうしても必要なのだろう、決意したようだった。

「分かった。俺も大会に出場する。……だが薬代は、自分で稼《かせ》ぐ」

二人は視線をぶつけ合い、頷き合った。陽が落ち、徐々に闇が広がってゆく。

五

大食い大会の日がやって来た。大会の場所である富沢町《とみざわちょう》の広場には、大勢の見物人が集まった。

九つ半（午後一時）、風は冷たいが、雲一つないほどお天道様がよく照っているので、空がいっそう高く見えた。

屋台に七輪や食材を並べ、お園たちは準備を整える。お波とお民も約束どおり手伝いに来てくれ、三人とも姉さん被りにたすき掛けで、そわそわしながら大会の始まりを待っていた。

主催者の笹野屋宗左衛門《そうざえもん》は床几《しょうぎ》にどっかと座り、鶴と亀が描かれた扇子《せんす》を持って愉快そうに笑っている。お運び役の日本橋小町たちは、身に纏った笹野屋の着物を見せつけるように、観客たちに笑顔を振りまいていた。

進行役は、笹野屋の大番頭である忠次《ちゅうじ》が務《つと》めた。

お園たちの活躍を見ようと、観客の中には連太郎に勘助、八兵衛、文太、竹仙、良太、そして吉之進もいる。酒屋の手代の善三も、配達の途中だがなまけて見に来ていた。

試合が始まる少し前から、お園たちは五平餅を焼き始めた。たれも、胡麻味噌だれと、胡桃《くるみ》味噌だれの二種類を用意した。芳ばしい匂いが広場に漂い、見物人たちはいっそう賑わう。

「旨そうな匂いだなあ」

「今年は五平餅ってやつだってよ」

「五平餅？　聞いたことねえが、食ってみてえなあ」

そんな声が広がった。

時間の制限はなく、九人が食べられなくなり、一人が残るまで続ける。

「さて、いよいよ本年度の大食い大会が始まります！」

進行役の忠次が大声で開会を告げると、見物人たちから拍手と歓声が起こった。澄《す》んだ青空に、五平餅を焼く煙が、白くもうもうと上がってゆく。

まずは主催者である笹野屋宗左衛門が、手慣れたように挨拶をした。

「皆様、本日はお集まりくださってまことにありがとうございます。五穀豊穣《ごこくほうじょう》の神に感謝をし、大いに食べ、新しい年を祝おうではありませんか。そして今年もいっそう日本橋を繁栄させて参りましょう！」

その堂々たる態度と体軀《たいく》に、見物人たちも「さすが大店の旦那は違う」と大いに拍手を送った。

忠次は出場者たちを簡単に紹介した。殆《ほとん》どが二十代から四十手前の男たちで、女はただ一人。噂になっていた、両国の女力士のお初《はつ》だ。歓声が一番多かったのはこのお初で、四股名《しこな》である「初《はつ》の海《うみ》！」と大声で叫ぶ者までいて、広場はどっと沸いた。

初出場の治夫は「頑張ります」と真剣な面持《おもも》ちで言い、伸郎は「やるしかねえよ」と不敵な笑みを湛えた。ほかの者たちも左官屋や鳶《とび》、飛脚などをしており、体格が良くて、いかにも食べそうであった。

「では次に、今回料理を提供してくださる小舟町の〈福寿〉の女将であるお園さんに御挨拶をいただきたく思います」

忠次に紹介され、お園はおずおずと前に出た。

「いよっ、女将！」、「お園ちゃん、頑張って！」と歓声が飛ぶ。

このような華やかな場所に慣れていないので頭が一瞬真っ白になったが、見物人たちの中の吉之進と目が合って、お園の心がほぐれる。吉之進が片目を瞑《つむ》って、おどけたような顔をしてみせたのだ。

お園は大きく息を吸い込み、声を出した。

「今年はうちの店を選んでくださって、ありがとうございます。今年、私がお出しする料理は、五平餅です。信州は高遠藩のものだと、ある人から聞きました。色んな地に、様々な料理があり、思い出がある。今、江戸は、たくさんの人が遠くの地よりおいでになられていると思います。皆様が故郷を思い出し、少しでも癒しになれば、と考えました。たくさん召し上がっていただけますよう、助《すけ》っ人《と》たちと張りきって作りますので、どうぞよろしくお願いいたします」

深々とお辞儀をすると拍手が起こり、「〈福寿〉の女将は日本橋で一番よ！」と誰かが叫ぶと、「いや、江戸で一番さあ！」と大声が飛んだ。それが善三の声とはっきり分かり、お園は顔に紅葉《もみじ》を散らした。

――ああ、なんだか恥ずかしい――

お園は肩をすくめて屋台へと戻り、お民とお波に「お疲れさま」とねぎらわれつつ、再び料理に取り掛かった。

なにせ大食い大会なので、どんどん食べるだろうから、どんどん作らねばならないのだ。御飯を潰して形作って箸に巻くのは、お民とお波の役目。それに味噌をつけて焼き上げるのが、お園の役目であった。

太鼓《たいこ》が響き渡り、試合が始まる。

声援が飛び交《か》う中、出場者たちは夢中で五平餅を頬張った。皆、勢い良くすぐに食べてしまうので、お運びの娘たちが焦って転びそうになる。お園たちはてんてこ舞いで五平餅を作りながら、段々と暑くさえなってきた。

「皆、よく食べるねえ。これじゃ追いつかないよ」

「箸を摑んで頬張れるから、食べやすいんじゃない」

お民もお波も必死だ。出場者たちは皆あっという間に十本を食べ終えたが、苦しげでもなく、笑顔で頬張り続ける。

「どう、調子は？」

忠次に訊ねられ、鳶の磯八《いそはち》が余裕の面持ちで答えた。

「いやあ、この五平餅っての旨いや！　いくらでもいけそうだ。もっとくれ！」

「こっちにも持って来てよ！」

次々に声が上がり、お運びの娘たちも袖を蝶々のように揺らして大わらわだ。

「初の海、いけー！」

「伸郎の兄貴、今年も期待してるぜ！」

広場には熱気が渦《うず》巻いている。出場者たちが皆あまりに美味しそうに食べるので、見物人たちの中で生唾《なまつば》を呑み込む者も多かった。

二十本を超える頃には、徐々に食べる速さが落ちていく者たちも現れ始めた。いくら美味しいものでも、食べ過ぎるとやはり辛くなってくるのだろう。苦しそうな顔を見せていた経師屋《きょうじや》の男が、「胃の腑が痛くなってきた」と脱落した。すると次々に脱落する者が現れ、三十本を食べ終えることが出来たのは六名になった。その中には、伸郎も治夫もお初も入っていた。

伸郎はやはり速さも優《すぐ》れており、ほかの者たちより常に五本は多く食べていた。伸郎が楽々と四十本目を食べ終えた時、治夫は三十五本目を食べきれなくなっていた。お初は三十三本目で泣く泣く脱落した。ほかの二名も脱落したが、磯八は三十五本目を食べきった。

どうやら伸郎と磯八の勝負になりそうだった。治夫が食べられなくなったのを見て、伸郎はほくそ笑んだ。

治夫は溜息をつき、額に滲んだ脂汗を拭《ぬぐ》った。

――もう、どうにもこうにも胃袋に入らない。でも、お夕のためだ。頑張らなくては――

そう思っても、もう、どうしても口に入れられない。忠次が寄って来て、治夫に「止《や》めますか？」と訊ねた。

治夫は暫くうつむいて考えていた。

――俺はなんて情けない男なんだろう。……お夕、すまない――

治夫は拳を強く握って、込み上げてくる無念と怒りを堪えた。その怒りとは、途中で試合を投げ出してしまいそうな己に対するものであった。

屈辱《くつじょく》を感じつつ顔を上げると、治夫の目に、見物をしていた子供が映った。七つぐらいの男の子で、指をくわえて、羨《うらや》ましそうに五平餅を眺めていた。治夫が途中で食べられなくなった、三十五本目のそれだった。

その男の子は痩《や》せて、着ているものも粗末だ。貧しい暮らしをしていると分かる。

――お腹が空いているんだろうな。可哀想に――

治夫は思わず、その男の子に、五平餅を差し出した。

「食べ掛けだけれど、よかったら食うかい？」

男の子は一瞬驚いたような顔をし、すぐに満面に笑みを浮かべた。

「うん！　ありがとう」

男の子は治夫から五平餅を受け取り、夢中で頰張った。

「美味しい、美味しい」と泣き笑いのような顔で食べる男の子を見ながら、治夫は切なくなった。

試合をしている時は勝つことに夢中で気づかなかったが、今、治夫の目に色々なものが見えて来た。五平餅を羨ましげに眺めているのは、その子供だけではなかった。ほかの子供たちの中にも、大人たちの中にも、空腹を耐えているような面持ちの者がいた。

――俺は、何一人意地になっていたのだろう。お夕が助かるなら、誰が助けたっていいじゃないか。俺じゃなきゃ駄目だなんて、ただの俺の面子《メンツ》でしかない――

そう思うと、治夫は身につまされた。

――そして今、この子たちを救えるのは、俺なんだ――

いたたまれず、治夫は隣の床几に座っていたお初に声を掛けた。

「あの、ごめん。その五平餅、もらってもいいかな？」

「え？　あ、どうぞ。食べ残しだけれど」

「ありがとう」

治夫はお初から受け取った五平餅を、五つぐらいの女の子にも渡した。女の子は「ありがとう！」と大きな声で礼を言い、五平餅を噛み締める。その子の母親が、治夫に頭を下げた。

「ありがとうございます。ここ数日、食べ物が足りなくて、この子、お腹を空かせていたんです。本当に助かります」

「いえいえ。気になさらないでください。良かったです、喜んで食べてもらえて。……そうですよね、食べ物だって、喜んで食べてもらったほうが幸せですよね。苦しんで食べられるよりも」

治夫は、呟《つぶや》くように言った。

太鼓が再び響き渡り、大会の終焉《しゅうえん》を告げた。今年も優勝は、八年連続で伸郎が手にした。磯八も頑張りはしたが、やはり四十本には届かなかった。

忠次に「今のお気持ちは？」と訊ねられ、伸郎は大声で答えた。

「いやあ、今年も楽勝だったぜ。来年こそは俺を倒せるような強いやつを連れてきてくれよな！」

仲郎は豪快に笑い、笹野屋宗左衛門から賞金を受け取った。

しかし。会場に流れる風の向きが変わっていることに、気づいた。

治夫を中心に人だかりが出来ているのだ。

――あいつ、何をやってんだ――

仲郎は楊枝《ようじ》をくわえ、覗きに行った。すると、治夫が五平餅を子供たちに配っていた。周りの見物人たちが、仲郎に教えてくれた。

「あの治夫さんって人が、羨ましそうに眺めていた子供に食べ掛けの五平餅を渡してあげたら、その子が喜んでね。途中で脱落したほかの人たちの食べ残しも、お腹を空かせた子供たちに分けてあげて。皆、大喜びだよ」

子供たちは嬉々として五平餅を頬張り、その姿をお園たちも嬉しそうに見ている。せっせと作りながら、お民とお波も大きな声を上げた。

「大人の皆さんも食べてくださいね！」

「そうよ、大食いの大会なら、みんなで大食いしましょう！」

お民が五平餅をたくさん載せた皿を運んで来た。焼きたてほかほかの五平餅は、湯気を立てながら、美味しそうな匂いを放っている。

「わあ！　ありがとうございます！　嬉しいなあ」

「こんなこと、今までの大会ではなかったよね」

思いがけぬ展開に、子供も大人も大喜びだ。

五平餅は誰でもたくさん食べることが出来る。連太郎に「五平五合」と教えてもらったように。それもあって、お園は大会に五平餅を出すことにしたのだ。

大食い大会は試合というより、いつしか皆が好きなだけ大食いする場になってしまった。皆、「美味しい、美味しい」と笑顔で五平餅を頬張っている。お初もお園たちに作り方を教わって、食べるほうから作るほうへ変わり、笑顔で皆にふるまった。

費用を全額負担するという主催者側も、これぐらいは余裕で、地域の皆に喜んでもらえたことが嬉しいようだ。宗左衛門は屋台へとやってきて、お園に礼を言った。

「いやあ、こんなに賑やかで、皆さんが楽しそうな大会は初めてですよ。親睦《しんぼく》に貢献《こうけん》してくださって、ありがとうございます」

「いいえ、貢献してくださったのは、あちらの治夫さんですよ。治夫さんのお心遣いで、このような輪が出来たのですもの」

宗左衛門はお園を見つめた。

「それももちろんありますが、貴女方が作ってくださった五平餅が美味しいからこそ、皆さんに喜んでもらえたのですよ。……どれ、それほど美味しいなら私も一つ」

「気づかなくて申し訳ありません。笹野屋様のお口に合うか分かりませんが、どうぞ」

お園は宗左衛門に焼き立ての五平餅を渡した。胡桃味噌だれで焼いたそれを一口食べ、宗左衛門は唸った。

「これはなんと旨い！　これが五平餅というのですか。旨い、実に。芳ばしくて」

宗左衛門は息を吹き掛けて冷ましつつ、五平餅をぺろっと平らげてしまった。

「いや、旨い。味は濃厚なのに口当たりが良くて、鯛《たい》などよりも旨いではないか！　お園さん、すみません、もう一ついただけますか。今度はこちらの胡麻味噌だれのほうを。あ、いいですよ、新しく焼かないで。冷めててもいいです、いいです」

「あ、はい」

お園が急いで渡すと、宗左衛門は待ちきれぬといったように齧りつき、「堪らないですねえ」と唸った。お園は微笑ましかった。

――お正月に鯛など高級なものを食べ過ぎて、このような素朴《そぼく》な味が美味しく感じるのね、きっと――

お運び娘たちも一息つき、「ずっと動き回っていたから、お腹ぺこぺこだったんです」と、五平餅を堪能した。

八兵衛や吉之進、連太郎に勘助たちも笑顔で味わっている。今日の天気のように誰もが晴れやかな顔をしていたが、仲郎は唯一人、優勝したというのにつまらなそうだった。

皆の笑顔、そして治夫に御礼を言っている子供たちを眺めながら、仲郎は試合には勝ったけれど、なんだか負けたような気分だったのだ。

「仲郎さん、優勝おめでとう。今度はゆっくり味わって食べてね」

お園が五平餅を仲郎に持って来た。仲郎は箸を摑み、ゆっくりと嚙み締めた。

――競っていた時には気づかなかったけれど、こうして改めて食ってみると、五平餅って優しい味わいだな。ほどよく芳ばしくて、辛くもなく、甘くもなく、舌にも胃にも心地良くて、なんだか懐かしくて、穏やかな味だ――

仲郎は、もう一度、治夫を眺めた。子供たちに囲まれた治夫は、なんとも穏やかな顔をしている。

そんな仲郎に治夫が近づいて来て、言った。

「お夕はお前に任せた」

約束どおり、負けてしまったので、お夕を仲郎に譲るというのだ。

――どこまで人が好い男なんだ、こいつは――

仲郎は心の中で苦笑しつつ、怒鳴《どな》るような口ぶりで返した。

「何を言ってるんだ。お前が幸せにしろ！」

治夫は口を噤《つぐ》んだまま、ただ、じっと仲郎を見つめる。仲郎は治夫に賞金を押しつけ、去っていった。

もう七つ（午後四時）近いが、五平餅の噂を聞きつけた人たちが新たにやって来て、大会はなかなか終わりそうにない。陽射しが少し弱くなって来た頃、誰かが声を上げた。

「この五平餅、赤紫蘇が入っている！　俺、こういう五平餅、前に食ったことがあって凄く旨かったから、もう一度食いたいと思ってたんだよな。ありがてえ」

それを聞いて、お園はその男に駆け寄った。男は三十路ぐらいで、本多髷《ほんだまげ》をいなせに結《ゆ》っている。

「どちらで召し上がったのですか？」

お園が訊くと、男は教えてくれた。

「前に通っていた飯屋でね、たまにこういう赤紫蘇が飯に混ざった五平餅を出してくれたんだ。そこで働いていた女の人が信州出身とかで。その味が忘れられなくてね」

「その五平餅を出していたのは、どこのお店ですか？　いつ頃？　働いていた女の人って、お名前分かります？」

お園の剣幕に気圧《けお》されつつ、男は答えた。

「浅草は元鳥越町《もとどりごえちょう》、寿松院《じゅしょういん》近くの〈あかり〉という店だよ。名前は……すまねえ、ちょっと覚えてないや」

その店を訪れていたのは、二年ほど前だという。日本橋に越して来てからは、久しくその店を訪れていないそうだ。

「その女の人、かなりの美人さんでしたよ」

男は言った。

お園は勘助を呼び寄せ、千鶴の人相書を男に見せて確かめた。

「その女の人って、この人ではありませんか？」

「うーん。似ていると言えば似てるけど、もっときつい顔立ちだったような……化粧の具合かなあ」

男は顎《あご》を撫でつつ、答えた。

その女が千鶴か否かはっきりしたことは分からなかった。だが、当初の狙いとは違うが、功を奏したことにお園は一歩前進したような思いであった。

六

大会の翌日、お園は勘助と一緒に早速、浅草の〈あかり〉を訪ねた。

件《くだん》の女はもう店を辞めてしまっていたが、店主に千鶴の人相書を見せると、声を上げた。

「ああ、うちで働いていたのは、間違いなくこの人ですよ。名前は千鶴さん」

お園と勘助は顔を見合わせ、頷き合った。店主は千鶴について語ってくれた。

「千鶴さんがうちで働いていた時は、御亭主の啓市《けいいち》さんと、近くの長屋に住んでいたんですすよ。ところが御亭主が或る日、突然亡くなってしまったんです」

お園は勘助をちらと見た。千鶴が江戸で新たな男と所帯を持っていたことに、動揺しているようだった。お園は店主に訊ねた。

「どうしてお亡くなりになったのですか？」

店主は神妙な面持ちで、こう答えた。

「殺されたんですよ。千鶴さんを巡って、勝手に想いを寄せていた男に」

「勝手に？」

「ええ。その啓市さんを殺《あや》めたという男、この店にもよく食べに来ていたんです。千鶴さんが目的でね。かなり千鶴さんに執心《しゆうしん》していたようで、それで心配していたのですが。……最悪のことになってしまいました。その男はすぐに捕まりましたけれどね。千鶴さんは『私のせいで主人が亡くなってしまった』と、自分を相当責めてしまったようでね。それから少し経って長屋からも消えてしまって、その後の行方《ゆくえ》はちょっと分かりませんね」

店主はそう言って、溜息をついた。

お園と勘助は、千鶴が住んでいたという長屋も訪ねた。裏長屋の井戸端に集《つど》っていた半纏を羽織ったおかみさんたちに、お園が声を掛けた。

「あの……訳があって、以前こちらに住んでいらっしゃった千鶴さんを捜しているのですが、何かご存じでしたら、どんなことでも構いませんので、お話ししてくださいませんか？」

するとと気の好いおかみさんたちが教えてくれた。

「御亭主だった啓市さんは菓子職人でね、二人は苦労して結ばれたみたいだったよ」

「お勤めなさってたお店って、お分かりになりますか？」

「えーと。雷門《かみなりもん》近くの西仲町《にしなかまち》の〈和泉屋《いずみや》〉じゃないかな」

しかし、千鶴の行方は、おかみさんたちも大家も、分からないようだった。それでも、手掛かりを少しでも得ることが出来て、お園は嬉しかった。お園と勘助はおかみさんたちに御礼を言って、長屋を後にした。

〈和泉屋〉にも足を延ばしたかったが、夕刻からの店の準備があるので、また日を改めることにする。

その帰り、勘助は複雑そうな面持ちで、言葉少なだった。

夕餉の仕込みをしていると、戸が開く音がして、お園は板場から首を伸ばした。

「いやいや、お園さん。先日はまことにありがとうございました」

「まあ、笹野屋様」

笹野屋宗左衛門の来訪に、お園は目を丸くした。お園は板場から出て来て、気に掛かっていたことを改めて詫《わ》びた。

「出過ぎたことをしてしまって、申し訳ありませんでした。なんだか人が集まり過ぎてしまって、値踏みを大幅に超えてしまったのではないかと……失礼いたしました」

お園は頭を下げた。しかし宗左衛門は笑い飛ばした。

「いえいえ、そんなことはまったくたいしたことではありません！　それよりも皆さんが喜んでくださったことに意義がありますよ。色々な方に、『今年は良い趣向《しゅこう》だった』と褒《ほ》めてもらえましたからね。お園さん、それでね、私、考えたんです。大食い大会はもう止めて、来年からは炊き出しをしたらいいのではないかって」

「炊き出しですか？」

驚きながらもお園は、その方が皆が喜んでくれるだろうと思うと、嬉しくなった。

「それは良いお考えですね」

「握り飯とか味噌汁とか、もちろん五平餅でもいいのですが、一年に一度ぐらい、誰でもお腹一杯食べられる日を作りたいなあと思いましてね。どうせ道楽でするいことなら、もう少し、世のためになることをしたほうがいいと考えを改めたんですよ。いや、これもお園さんたちのおかげです。目から鱗《うろこ》が落ちた思いでした。ありがとうございます」

今度は宗左衛門がお園に向かって頭を下げ、お園は「やめてください」と慌てた。

宗左衛門はこうも言った。

「今から来年のことを申し上げますのもなんですが、その炊き出しを是非またお園さんたちに手伝っていただけましたらと思っております。お願い出来ますでしょうか」

「もちろんです。私どもでよろしければ、またお手伝いさせていただきます」

宗左衛門は満面に笑みを浮かべた。

「これは心強い！　日本橋をさらに住みやすい町、明るく楽しい町にするため、これからも御協力お願いします」

宗左衛門はお園と約束し、意気揚々と帰っていった。

七

大食い大会から三日経って、伸郎がふらりと〈福寿〉を訪れた。凍空《いてぞら》に星が輝く夜だ。

「よう、どうした、なんだか元気ねえな」

八兵衛が声を掛けると、伸郎は「そんなことねえよ」と強がりながら小上がりに腰を下ろした。八兵衛とお波と一緒に、連太郎も夕餉を食べていた。

お園は、そんな伸郎の姿を見ながら、大会の日の治夫とのやり取りを思い出していた。あれは、何だったのだろう。しかし、最後の言葉に手懸りが隠されているようにも思えた。

伸郎は酒を頼み、黙々と呑む。そんな伸郎に、お園は料理を出した。一つは平らな丸皿、もう一つは丼に盛られていた。

丸皿には、蕎麦搔きが二つと、貝柱の串焼き。

丼には、熱々の蕎麦と、貝柱の掻き揚げ。

伸郎は暫し二つの料理を眺め、お園へと目を移した。お園は微笑んだ。

「同じような材料でも、料理の仕方によって合う皿というのが違うのです。蕎麦掻きや串焼きを丼に入れては、変でしょう？　でも、大きな掻き揚げの載った汁たっぷりのお蕎麦は、丼しか受け入れられないのです。それぞれ、合った器というのがあるのですよ」

「……ああ、そうか」

伸郎は口の中、小さく呟いた。そんな伸郎を見て、お園が言った。

「治夫さんにお心遣いをお見せになった伸郎さん、とても男らしいと思いました。器の大きな、底の深い男の人でいらっしゃる、って」

伸郎は照れくさそうに苦笑いをした。お園は続けた。

「一方的な思いでは、上手くいかないものですよね。合う、合わないは大切なこと。食べ物とお皿だって、お互いが思い合って、思いやりを持って、初めて料理は完成するのかもしれません。人と人も、同じなのでしょうね」

伸郎は丼を摑んで、汁を啜り、掻き揚げ蕎麦を勢い良く頰張った。嚙み締め、呑み込み、伸郎はがなった。

「旨えや！　お夕さんへの思い、女将さんの料理で断ち切ることが出来そうだぜ」

　――やっぱりそうだったのね――

　お園は伸郎を慈しみ深く見つめた。

　蕎麦を食べながら、伸郎はさばさばと語った。

「お夕さんは俺の憧れの人だったのよ。五年ほど前かな。茶屋で働いていたお夕さんに一目惚れしてさ、その店に通い詰めたんだ。でも、ふられちまった。お夕さんには、鋳掛職人の治夫っていう大切な人がいたからな。それで俺、むかっ腹が立ったって訳だ！　あん時は長屋を見つけ出して治夫をぶん殴ってやるつもりだったのに、いざとなると、ふられた痛みですんなり引き下がっちまった。でもよ、ここで二人の噂を聞いて、そしたら居ても立ってもいられなくなって、昔の傷を疼《うず》かせながら、長屋を見に行ったのさ。そしたらお夕さんは咳き込んでるわ、赤ん坊の泣き声は聞こえるわ、治夫は確かに二枚目だけれど、あんなんでお夕さんを守っていけんのかって思ったら、再びかっとしちまってな。よし、今度は違うぜ。治夫を負かせて、目にもの言わせて、お夕さんを奪い取ってやるって意気込んだものの……勝ったようで、また負けちまった。わはは」

皆に優しい眼差しで見つめられながら、伸郎は大きな搔き揚げにかぶりつく。

「お夕さんには治夫という器が合うってことなんだな。こんな俺の器にぴたりと合う女、今に見つけてやらあ！」

「その意気よ。あたしたちも応援するからさ」

「八年連続で優勝するお前さんに合うようなのは、ちょっとやそっとの女じゃ駄目だわな。懐が深い、姐御肌《あねごはだ》よ」

八兵衛夫婦に励まされ、伸郎はすっかりその気になる。

「そういや俺、年上の気の強い女、けっこう好きだなあ」

そして照れ隠しのように、次々に平らげてゆく。

大人たちを見ながら、連太郎も学んでいた。

——なるほど。合う器、か。父上と母上は、それだったのだろうか——

食べる手を止め、腕組みをして納得したように頷いている連太郎を見ながら、お園は笑みを浮かべる。

——この子はこの子なりに、何かを学び取ってるみたいね——

連太郎の生意気な仕草も、お園には可愛く思えた。

伸郎は吹っ切れて元気が出て来たのだろう、搔き揚げ蕎麦をもう一杯、注文した。八兵衛は感心したように言った。

「しかしお前さん、よく食うなあ」

「ふん。どうせ俺は三枚目以下の四枚目。食うしか能がねえのよ！」

「四枚目、結構じゃねえか。二枚目の二人分だ」

「だから食うのも二倍ってことよ！」

「二倍じゃ足りねえ、足りねえ」

店が笑いに包まれる。

――たとえ上手くいかなかったとしても、やはり人を好くという気持ちはいいな――

そんなことを考えつつ、お園は微笑みながら、伸郎のお代わりをよそいに板場へと戻った。

どこかで犬が鳴いている。

二品目　かまくら菓子

一

睦月も下旬、寒さが厳しい頃だ。お園は鮭《さけ》のアラ汁をお客たちに出して、温まってもらった。大根、人参、葱《ねぎ》がたっぷり入っており、鮭のアラの出汁が味噌と相俟《あいま》って、濃厚な味わいだ。寒い時にはコクのある味が、お客たちにも好評である。

このところ巷《ちまた》では「雪女が現れる」と囁《ささや》かれていて、アラ汁を啜りつつ、皆、その話に興じていた。

「若くて別嬪《べっぴん》で、透《す》き通るほどに白い肌の雪女！　そんな雪女だったら、俺、取り憑《つ》かれて殺されてもいいぜ！」

酔った勢いで文太が捲《まく》したてると、竹仙もにやけた。

「あたしも会ってみたいですが、実際に遭遇したら怖くて、震え上がっちゃいそうですねえ」

そんな二人に、八兵衛夫婦がからかうように言った。

「お前らは、雪女っていう響きに風情《ふぜい》を感じてるだけだろ」

「雪女なんて怖いだけなのにねえ」

　すると八兵衛、女房を真顔で見つめた。

「俺は雪女なんてちっとも怖くねえよ。だって、最も怖いのと一緒に暮らしてんだもん」

「もう、なによっ！」

　お波が膨れっ面《つら》で、八兵衛の尻をつねる。文太も竹仙も、「よく言った、八兵衛さん！」と大笑いだ。

　連太郎と勘助もいてアラ汁を啜っていたが、こちらは二人とも浮かない顔で、お園は気掛かりだった。

　あの後、勘助と一緒に千鶴と啓市のことを調べているうちに、色んな事実が分かってきていた。

　夫となった啓市が働いていた菓子屋〈和泉屋〉を探ってみたところ、同僚だった者からこんな情報を得た。

「啓市の女房だった女は、深川《ふかがわ》芸者だったたって話だよ。啓市はけっこう金遣いが荒くてね。給金をもらえばそれを握り締めて遊びに出掛けていた。女房には一目惚れだったらしい。啓市のやつ、『女房を手に入れるために、無茶やった』なんて苦笑いしてたよ」、と。

浅草からの帰り道、勘助は暗い面持ちで、お園に言った。

「千鶴様が江戸に来て、すぐに芸者になったとは思えないのです。初めは料理屋などで働いていたものの、何かの拍子に花柳界《かりゅうかい》へと足を踏み入れてしまったのでは。いやまさか、何者かに騙されて売られてしまったとか……」

「千鶴さん、お美しいといいますし、三味線や踊りも上手だったといいますから、どこからか誘いの手が伸びてきたのかもしれませんね」

お園は口には出さなかったが、心の中で思った。

――どうやら千鶴さんは、男の人を惑わせる何かを持った女《ひと》のようね。傾国《けいこく》の美女、とでもいうのかしら。このことは、勘助さんも思っているでしょう――

千鶴の行方はまだ分からない。勘助は思い詰めたように言った。

「千鶴様が啓市殿と夫婦になってからも料理屋で働いたのは、啓市殿の金遣いの荒さが直っていなかったからでしょうか。……もしや、千鶴様、また花柳界へと戻ってしまわれたのでしょうか。それとも、男を駄目にしてしまう己の運命を憎み、世を儚《はかな》んで……まさか」

「最悪のことを考えるのはやめましょう。それに私、千鶴さんは必ず生きているような気がします。生きていらっしゃいますよ、絶対に」

「どうしてそう思うのでしょう」

「だって……あれほど可愛い子を遺して逝《い》くなんて、ありえませんもの。千鶴さん、連太郎さんのこと、ずっと心にあるはずです。きっと」

　勘助は少し考え、言った。

「料理屋とともに、花街も探ってみようと思います。やはり深川でしょうか。一度抜けているゆえ、もう戻らないようにも思うのですが、吉原芸者になるには色々と難しいと思うのです。それゆえ深川……。料理屋や花街を捜すしか、今のところ為《な》す術《すべ》はありませんから」

　千鶴が花柳界に入っていたというのは、やはり胸中複雑のようであった。

「連太郎さんの前では、明るい顔でいらっしゃってくださいね。複雑な事情、勘づかれないようになさってください」

「はい、決して悟られぬようにいたします」

　勘助はお園に約束した。

　母親がなかなか見つからないことが、連太郎はやはり悲しいようだった。お園は連太郎を励ますつもりで、努《つと》めて明るく接していた。

人参が嫌いで食べられないという連太郎に、「何でも好き嫌いなく食べないと、大きくなれないわよ」とお小言を言い、人参嫌いでも食べることが出来る料理を考え始めていた。


また、初午も近づいて来ているので、連太郎は吉之進が教える寺子屋へ通うようになった。江戸の子供たちは、初午の日に寺子屋へ入門するからだ。初午とは、如月《きさらぎ》の最初の午の日である。

吉之進は読み、書き、算盤《そろばん》を教え、『庭訓往来《ていきんおうらい》』などの読み物も使っていたが、そのほか少し変わった独自の教え方を志《こころざ》していた。それは、寺子たちに芝居をさせて学ばせるということであった。吉之進は日本五大御伽噺《おとぎばなし》の一つである『桃太郎』を取り上げ、寺子たちに読ませ、芝居をさせながら文を覚えさせ、物語の意味を探らせようとした。

——『桃太郎』なんて子供っぽいなあ——

連太郎は初めは軽く見ていたが、改めて読んでみて、ふと思った。

——桃太郎を育ててくれたのも、本当の父上と母上じゃないんだ。……そうだよな、拾われた桃から生まれたんだものな――

二

綿雪がぽたぽたと降る、寒い夜。お園がお客たちに生姜を利《き》かせた熱々のうどんをふるまっていると、店に連太郎が叫び声を上げて飛び込んで来た。

「どうしたの？」

お園は目を丸くした。

「ゆ、ゆ、雪女が出た！」

連太郎は震え、歯を鳴らしながら答えた。

「雪女だって？」

店にいた八兵衛夫妻や文太が表に出て行き、雪女を捜し始めた。お園も提灯《ちょうちん》を手に、西堀留川に架かる中之橋《なかのはし》辺りまで足を延ばした。西堀留川に沿って小舟河岸《かし》が広がり、川の向こうには米河岸が広がっている。雪のせいか、仄かに明るい。

橋を渡って、倉庫が建ち並ぶ米河岸まで捜そうかと思ったが、滑《すべ》りそうなので無理はやめた。降る雪が川の水面《みなも》に溶けていく様をずっと眺めていたかったが、八兵衛たちの呼ぶ声が聞こえ、お園は店に戻った。くしゃみが一つ出た。

結局、雪女は見つからなかった。連太郎が落ち着いてくると、お園は少々きつい声で訊ねた。

「さっき二階に上がって、寝たはずではなかったの？　寝たふりして外に出て行ったのかしら？」

「はい……」

連太郎は唇を尖らせ、答える。お園は連太郎の頭を軽く小突き、「で、何があったの？」と再び訊ねた。連太郎は渋々といったように話し始めた。

「雪明かりの中、女将さんが作ってくれた菓子を食べながら歩いていたんです。……江戸の暮らしにも慣れて来て、母上になかなか会えないのは寂《さび》しいけれど、ここにいると楽しいから、なんていうか気持ちが大きくなってしまって。するとちょっとした冒険心が湧いてきたのです」

「男の子だもんねえ。分かるわあ」

お波が相槌を打つ。連太郎は頷き、続けた。

「夜に一人で歩いていたのは、それゆえです。一人で江戸の町を散策したかったのです。……だから寝たふりをして、こっそり裏口から抜け出してしまいました。ごめんなさい」

連太郎はふて腐れつつも、お園に素直に謝った。お園は、勘助の先日の言葉を思い出した。

——勘助さん、そういえば言っていたわ。『坊ちゃん、なんだかんだ信州にいた時よりも、ずっと明るく元気になっています。それも、女将さんのおかげです。よほどこちらでの暮らしが楽しいのでしょう。本当にありがとうございます』、って。……寝たふりして外に行くのは悪いことだけれど、連太郎さんが元気で過ごせるなら、頭ごなしに叱《しか》るのはやめておこうかな——

お園は連太郎に忠告した。

「反省したなら、いいわ。でもこれからは黙って出ていっては駄目よ。必ず私の了解を得るようにしてね」

「はい」

連太郎はお園を真っすぐ見つめ、頷いた。お園は柔らかな笑みを浮かべ、再び訊ねた。

「それで、雪女にはどこで会ったの？」

「菓子を食べながら意気揚々と歩いていると、東堀留川に架かる橋のたもとで、柳の下に立っていた女の人に声を掛けられたんです。『ねえ、坊や。それ、美味しそうね。少し、ちょうだい』、って」

「まあ」

「女の人は白い着物に白い羽織《はおり》を纏って、長い黒髪を垂らし、真っ白な顔に真紅の紅を差して、ふらりと立っていました。私はその女の人を見て、仰天《ぎようてん》しました。『雪女だ!』と思い、『うわーーーっ』と悲鳴を上げて、菓子を放り出し、転びそうになりながら逃げました。そして〈福寿〉に飛び込んだのです。……お騒がせしました」

連太郎は八兵衛たちにも頭を下げた。

「連坊、大丈夫だ。捜したけど、雪女なんていなかったぜ。きっと何かの見間違いだ」

「そうよ。誰かが雪女のふりして驚かせたのかもしれないわ」

「でもよ、菓子をくれだなんて、ずいぶん食い意地が張った雪女じゃねえか! 瓦版に書いてやるか」

「それいいな。書いてやれよ。『雪女　河岸の近くで　菓子ねだり』、ってな」

八兵衛はからからと笑った。連太郎はしょんぼりした。

「驚いて菓子を落としてしまいました。女将さんが高野《こうや》豆腐で作ってくれた、かりんとう。美味しいのに」

「またすぐに作ってあげるわ。ちょっと待っててね。……ほら、これでも飲んで温まりなさい」

お園は連太郎に甘酒を出し、小さい肩をそっとさすった。

三

次の日、昼餉の刻、縄のれんには似つかわしくないような身なりの娘が訪れた。歳の頃、十八、九ぐらいであろうか。みずみずしい肌は透き通るようで、白桃を思わせる。娘は艶やかな鴇《とき》色の着物を纏い、白藤色の帯を締めていた。不慣れな場所に、戸惑《とまど》いを感じているようだ。

「どうぞ、こちらへお座りください」

お園は常連客たちに詰めてもらい、娘を小上がりに座らせた。

昼餉は、「御飯、味噌汁、鮃《ひらめ》の煮付け、納豆、大根の漬物」もしくは「御飯、味噌汁、蓮根と慈姑《くわい》の煮物、納豆、大根の漬物」の二つから選べて、娘は前者を注文した。

娘はおどおどしたように店の中を見回していたが、お園が昼餉を出すと夢中で食べ始めた。その姿を見て、お園は目を瞬かせた。

——気持ち良いほどの食べっぷりね——

娘は御飯をお代わりし、煮物まで別に頼んだ。ほかのお客が帰った頃、料理の余韻《よいん》に浸りつつ、娘は言った。

「こんなに美味しいお料理、初めていただきました。感激です。御馳走様でした」

「お粗末様です。食べ慣れていらっしゃらないお料理だから、そうお感じになったのでは」

お園は微笑んだ。

「いえいえ、本当に美味しかったです。……ところで、あの、こちらにお子さんはいらっしゃいますか？　十歳ぐらいの男の子」

「ああ……うちの子というわけではありませんが、訳があって居候している子はいますよ。あの子がどうかしましたか？」

「ええ……ちょっとお話ししたいことが。今、いらっしゃいます？」

「ごめんなさい。今、寺子屋へ行っているんです。何か御用件があれば、伝えておきましょうか」

娘は一息つき、返した。

「あ……それなら、いいです。また来ますので」

娘は立ち上がり、そそくさと帰っていった。膳を片づけながら、お園は首を捻《ひね》った。

――連太郎さんをどこで知ったのだろう――

娘の様子がどことなくおかしいのも、引っ掛かっていた。

数日後、娘は夕餉の刻に、再び訪れた。一番忙しい刻で、常連たちが占めている。娘は床几に腰掛け、きょろきょろと見回していた。お園は思った。

――連太郎さんを捜しているのかしら――

お園は娘にお茶を出し、注文を取った。

「いらっしゃいませ。今日は何にいたしましょう」

娘は壁に貼られた品書きを眺め、声を上げた。

「お雑煮、まだやっているんですね」

「はい。まだ寒いですから、お雑煮をほしがる方がいらっしゃるんです。お正月気分が未だに抜けきれないのかしらね」

お園が微笑むと、娘も笑みを浮かべた。

「私もお正月気分が抜けていないようです。是非、お雑煮をください！」

「かしこまりました。江戸風のお醤油仕立てと、上方風のお味噌仕立てがございますが、どちらにいたしましょう？」

東日本の雑煮が醤油仕立てで、西日本の雑煮が味噌仕立てが特徴なのは江戸時代からであり、『守貞謾稿《もりさだまんこう》』にも記されている。

娘は迷わず答えた。

「やはり江戸風で。お雑煮はあっさりしているのが好きなんです」

「かしこまりました」

お園は板場へと戻り、餅を焼き始めた。つゆは、鰹節から取った出汁に、醤油と酒と塩を少々加えて作る。それに焼き上がった餅を入れ、三つ葉を散らし、紅白の蒲鉾を添える。つゆが決め手となるが、お園はそれには自信があった。

お園が雑煮を運ぶと、娘は早速頰張った。焼き立ての、お焦げが芳ばしい餅が、娘の愛らしい口の中でもちもち、とろとろと蕩けてゆく。

「ううん、堪らない！」

餅を呑み込み、娘は声を上げた。

すると小上がりで八兵衛たちと一杯やっていた文太が、立ち上がって騒ぎ出した。

「雪女のことを瓦版に書いてやったら、売れ行きがいいぜ！『色気より食い気が勝《まさ》る雪女』ってな」

「いいですねえ。『雪女　睦月初めの梅の枝』、ってとこでしょうか」

味噌仕立ての雑煮を味わいながら、竹仙が返す。文太が首を傾げた。

「睦月初めって……。今はもう終わりだろ。梅の枝ってのはどういう意味じゃい？」

「その心は、蕾《つぼみ》、ってことだろ」

酒を舐めつつ、八兵衛が言う。竹仙が頷いた。

「仰るとおりです。梅の見頃は来月ですからねえ。睦月の初めの枝についているのは、まだ蕾。色気よりも食い気の雪女も、まだ蕾、生娘《きむすめ》なのではないかと思いましてね。ははは」

「確かにそうよね、生娘に違いないわ。冷たい美貌で男を寄せつけないんでしょう」

お波がはしゃぎ、八兵衛もにやける。

「いいね、そりゃ！　よし、今度は『雪女は生娘』説を書き立ててやるか！」

文太は裾《すそ》を捲って胡座《あぐら》をかき、炙《あぶ》った烏賊《いか》を噛み締める。酔いがすっかり廻って、はだけていても寒くないようだ。

お園は娘に謝った。

「ごめんなさいね、うるさくて」

「え、ええ……」

お園は娘の様子がおかしいことに気づいた。妙にそわそわとしているのだ。

「どうしました？　騒々しくて、不快にさせてしまったかしら」

生娘などという言葉が飛び交ったので、娘の気分を害したのではないかと、お園は案じた。

「いいえ……そんなことありません。ちょっと用を思い出したので、早く帰らなければと考えていたのです」

娘は袖で顔を隠すようにして雑煮を平らげ、そそくさと店を出て行った。

二日後、娘は再び昼餉の刻に訪れた。

――やはり、何かおかしい――

お園は思った。娘は食べ終え、ほかのお客たちが帰ると、お園におずおずと問うた。

「あ……あの、お菓子は？」

「はい？」

「あの、こちらではお菓子を出したりはしないのでしょうか？」

「ええ……お菓子というより甘味なら、季節によって桜餅とか柏餅とか、今時分ならお汁粉とか、お好みならば餡蜜《あんみつ》とかもお出ししますけれど」

「あ……そうですか。……では、また、お伺いします」

娘は立ち上がり、またもそそくさと出て行った。お園はふと思い当たった。

――そういえば、連太郎さんが見たという〝雪女〟は、あの子に「お菓子をちょうだい」と言ったというわ。あの娘がこの店を訪れるようになったのも、それからすぐよね――

ちょうど昼の休みに入る。お園は店に錠を掛け、娘の後をこっそり尾《つ》けていった。

娘は東堀留川を渡り、人形町《にんぎょうちょう》通りを横切り、富沢町を抜け、浜町川《はまちょうがわ》に架かる栄橋《さかえばし》を渡り、村松町《むらまつちょう》の〈萬屋《よろずや》〉という商家に入っていった。そこは高利貸しの店であり、なかなかの構えである。村松町は小舟町とそれほど離れてはいない。お園は近くの損料屋《そんりょうや》にふらりと入り、〈萬屋〉についてさりげなく訊ねてみた。

「あそこのお店に、お嬢さんはいらっしゃいます？」

「ええ、いらっしゃいますよ。澄香《すみか》さんと仰る方が。何か？」

「いえ、お綺麗な方だなあと思いまして」

「ねえ。そろそろお輿《こし》入れだそうですよ」

損料屋の内儀は口が軽いようで、お園に色々話してくれた。

「札差《ふださし》の〈大平屋《おおひらや》〉さんとの御縁談のようです。〈大平屋〉さんといえば羽振りが良いですし、若旦那もしっかりした方だから、悪いお話ではないと思いますけれど」

内儀はぺらぺらと喋って、笑った。

お園は頷きながら聞き、「どうも」と言って損料屋を立ち去った。

──お嫁入りも決まって嬉しいでしょうに、一体どうしたのかしら──

お園は不思議に思った。


その夜、店を閉めると、お園は蜜柑《みかん》を入れた籠《かご》を持って二階に上がった。炬燵で蜜柑をゆっくり味わうのが、冬の夜の楽しみなのだ。すると、連太郎がいる部屋から明かりが漏れていて、お園は思わず声を掛けた。

「まだ起きているの?」

「あ、はい」

「開けていい?」

「どうぞ」

お園が襖《ふすま》を開いて中を覗くと、連太郎は炬燵にあたり、行灯の明かりで本を読んでいた。お園は優しい声で言った。

「遅くまで熱心ね。でも、もう寝なさい」

「はい。台詞《せりふ》を覚えなければならないので、たいへんなんです」

「台詞?」

「はい。寺子屋の習いで、寺子の皆でお芝居をするんです。お師匠《ししょう》様は面白い教えをなさる方で、お芝居を通して、お話の持つ意味など色々なことを学ばせたいようです。『台詞を覚えることは、文を覚えることにもなる。暗記しなさい』と仰ってました」

　お園は目を瞬かせた。

「そうなの。……吉さんは砕《くだ》けた教え方をするから寺子たちにも人気があるって聞いていたけれど、なるほど、それは面白そうね」

「このような習いは初めてなので、楽しいです。それで私が桃太郎の役になってしまって、苦心しているというわけです」

　連太郎は溜息をつき、苦笑いした。

「桃太郎？　凄いわ、主役じゃないの」

「はい。『桃太郎』のお芝居をするって聞いて、正直、初めは莫迦にしていたんです。だって、子供っぽいじゃないですか。私はもう十歳ですから。……あ、座りませんか？」

　立ったままでいるお園に、連太郎が言う。お園は笑みを浮かべ、「一緒に食べようか」と蜜柑を連太郎に渡した。

　向かい合って炬燵にあたり、二人は蜜柑を食べた。お園は海老茶《えびちゃ》色の、連太郎は藍《あい》色の半纏を羽織っていた。生意気なことを口にしつつも、蜜柑に夢中になっている連太郎はやはりまだ幼さが残っていて、お園は微笑ましい。

「それで、子供っぽいと思っていた『桃太郎』も、台詞を覚えるのはそれなりにたいへんなのね」

「そうなんです。お芝居もしなければいけませんし、このようなことは初めてですから」

「そうは言っても主役に抜擢《ばってき》されたのだから、頑張らなくてはね」

「はい、お師匠様に選んでいただいたのだから、ちゃんと務めたいです。それに、小さな頃から知っていると思っていたお話も、改めて読んでみると新たな発見があって、面白いです」

「たとえば？」

「そうですね。……桃太郎の両親も、本当の親ではないとか。桃太郎はいわば拾われた子ですから」

お園は連太郎をじっと見つめた。

「桃が持つ意味とか。桃には魔を打ち払う力があるそうです。『桃太郎』のお芝居は寺子皆でやっていますが、七歳から十三歳までいるので、お師匠様は一人ずつまた別のことも教えてくださいます。『論語《ろんご》』なども教えてくださるんですよ」

「『論語』まで？　連太郎さん、優秀なのね」

「特別に早くから藩校に行ってましたから。『論語』や『孟子《もうし》』など四書を読むのですが、意味の解釈は付け加えず、大きな声で読み上げる、いわゆる素読なんです。でも、お師匠様は意味まで教えてくださるんです。それが新鮮で、楽しくて。今日教わったことの、おさらいもしていたんです」

連太郎はお園に、漢文が書かれた紙を見せた。それはどうやら吉之進が書いたものらしかった。手作りの教材を使っているようだ。紙には、こう書かれていた。

『子曰、飯疏食飲水、曲肱而枕之。楽亦在其中矣。不義而富且貴、於我如浮雲。』

連太郎が説明した。

「『先生曰《いわ》く、粗末な飯を食べ、水を飲み、肱《ひじ》を曲げてこれを枕にする。楽しみは亦《また》その中にある。不義によって得た富貴《ふうき》は、私にとって浮雲のようだ』、という意味だそうです」

「なるほど。不義というのは、正しいことに背《そむ》く、という意味よね」

「そうです。正義に反して、ということでしょう。孔子《こうし》の教えは心を打つものと思います。……でも、本当なのかとも疑ってしまいますけれど」

連太郎は溜息をつき、続けた。

「世の中、悪いことをして富貴を成している者だってたくさんいるではないですか。人を傷つけて、平気な顔でのうのうと生きているやつらだっているんだ。不公平だ、あまりに」

お園は炬燵で手を温めながら少し考え、答えた。

「……確かにそうかもしれないけれど、まっとうなことをして富貴を成す人だってたくさんいるのだから、どうせなら、そういう人たちに注目したほうがいいんじゃない？」

連太郎は唇を尖らせたまま、お園をじっと見た。

「それに、別に富貴を成さなくたって、たとえ日々の暮らしが貧しくても、自分がそれに満足していれば楽しいものだと、孔子様は言いたかったのではないかしら。或《あ》いは、そのような暮らしに満足出来る清らかな心を持つことこそが、大事なのであると」

連太郎は目を瞬かせながら、漢文が書かれた紙を食い入るように見た。

「でも……実際の世の中は、違うような気がする」

膨れっ面をしている連太郎に、お園は笑みを掛けた。

「まあ、世の中には色々な人がいるものね。でも、こう考えれば？　『論語』みたいな本に書かれてあるのだから、それは正しいことなんだ、って。孔子様みたいな偉い方の仰ることなら間違いない、って。ね、そう思わない？」

連太郎はお園を見つめ、ふぅと息をつく。お園は続けた。

「私は難しいことは分からないわ。納得がいかないようなら、明日、吉さん……じゃなくて、お師匠さんに訊いてみなさいよ。きっと的確に答えてくれるわ」

「……はい」

連太郎は頷き、鼻を少し蠢《うごめ》かして、くしゃみを一つした。

「ほら、もう寝なさい。風邪《かぜ》を引いちゃうわ」

お園は立ち上がり、布団を敷き始めた。

「口をゆすいできます」

連太郎は洟を啜りながら、階段を下りていった。

四

二日後、粉雪が降った。積もりそうもないが、しんしんと冷える。お園が店先に飾った福寿草にも雪が降り掛かっているが、変わらず美しく咲いている。愛らしくも強い花である福寿草は、寒さや雪にもびくともしないのだ。

その夜、お園は八兵衛夫婦に店番を頼み、雪駄《せった》を履《は》き、傘を差し、提灯を手に出掛けた。

滑らぬよう気をつけて歩く。屋台の蕎麦屋で、背中を丸めて食べている人たちがいる。笠を被った流しの三味線弾きが、居酒屋に入っていった。

浜町川に架かる栄橋を渡る時、流れる水に雪が溶《と》け、清らかな香が仄かに漂った。

お園は村松町へと向かい、澄香の家である〈萬屋〉に赴《おもむ》き、裏口に回って物陰にそっと身を潜《ひそ》めていた。

すると少し経って、澄香がこっそり出て来た。白い着物に白い羽織、真っ赤な紅を差し、黒く長い髪を垂らしている。澄香は驚くほどの早足で、闇に紛《まぎ》れていった。

——やっぱり——

お園がそう思っていると、また誰かが裏口から出て来た。どうやら〈萬屋〉の下男のようである。その男も速やかに、澄香と同じほうへと向かった。

——なるほど。何か大事にならないよう、澄香さんの後をこっそり尾けて、見張っているというわけね。下手《へた》に怒ったりして、御機嫌を損ねたりしたら、お転婆な澄香さんなら家出でもしかねないでしょうし——

お園は吐く息を白く染め、手を擦り合わせながら、苦笑いを浮かべた。


積もらないかと思われたが、意外にも積雪した。翌日の昼餉の刻、澄香が再び〈福寿〉を訪れた。

「本日は、御飯、お味噌汁、お漬物のほかに、寒鯖の味噌煮と照焼のどちらかがつきますが、如何いたしましょう」

お園が訊ねると、澄香は味噌煮を選んだ。脂の乗った旬《しゅん》の鯖を、澄香はゆっくりと味わった。

ほかのお客たちが帰った後、お園は澄香にもう一品出した。

「どうぞ。よくいらしてくださるから、特別に」

澄香はそれを見て、目を丸くした。

雪で作った小さなかまくら。中には灯明が灯り、小さな皿に白いかりんとうが盛ってある。

――この女将さん、私が雪女に化けていたことに気づいていらっしゃるというの？――

澄香は長い睫毛《まつげ》を震わせる。澄香は暫く黙って料理を見つめていたが、呟くように言った。

「とても綺麗……こんなお料理を出してもらったのは初めてです」

お園は何も答えず、にっこり微笑む。澄香はかまくらをそっと除《よ》けて、かりんとうに手を伸ばし、摘《つま》んで食べた。

「美味しい……」

澄香は笑みを浮かべてそう呟き、なぜか涙を一滴、こぼした。

澄香は気持ちが落ち着いてくると、きちんと名乗り、〈福寿〉を訪れるようになった訳をお園に語った。

お園が察したように、やはり澄香は雪女に化けて、町の人々を驚かせていたのだ。

「家の皆が寝静まった頃に、こっそりと抜け出していたんです。『今宵は誰を驚かそう』とウキウキしながら。あの夜も、柳の下に立っていたところ、男の子が通り掛かったんです。その男の子がとても美味しそうにお菓子を食べていたので、それがほしくなってしまって、声を掛けました。そうしたら、その子が本気で怖がってしまって……。お菓子を放り出して、逃げていきました。私は雪の上に落ちたお菓子の包みを拾い、小さい子を驚かして悪かったと思いつつ、おこそ頭巾を被って追い掛けました。すると男の子はこちらのお店に飛び込んでいって、中から『雪女が出た』と叫び声が聞こえて来たので、慌てて退散したのです」

澄香は、小さなかまくらの中で揺れる灯りを見つつ、続けた。

「家に帰って、お菓子を食べてみたらとっても美味しくて、驚いてしまったんです。初めて食べるような味わいの、かりんとう。それで、あの男の子に、あのかりんとうはどこで売っているのかを訊きたくて、もう一度会いたいと思ったんです。だから、こちらに伺えば、あの男の子のことが何か分かるかと思いまして。それで訪れたのですが、今度は女将さんのお料理が美味しくて通うようになってしまって……。あのかりんとうも、女将さんがお作りになったものだったのですね」

お園は答えた。

「ええ。高野豆腐で作ったんですよ。澄香さんには、あのような素朴な味が新鮮だったのでしょう」

「ええ？　あのかりんとう、高野豆腐で出来ていたんですか？　この白いかりんとうも？」

「そうなんです。お気に召していただけて嬉しいわ。よろしければ、今日もお持ち帰りになってくださいな」

「ありがとうございます、嬉しいです！」

澄香は素直に喜んだ。

お園に心を許したのだろう、澄香はかりんとうを摘みながら、つい愚痴までこぼしてしまった。

「『雪女現る！』なんて瓦版にまで書かれ始めましたでしょう？　だから、そろそろやめ時とは思っているのです。でも、なんていうのか……つい、あんなことをしてしまって」

お園は澄香を、柔らかな眼差しで見つめた。

「澄香さん、もしかしたらお嫁入り前で、お気持ちが少し揺れていらっしゃるのではありませんか？」

「え……」

澄香は大きな目を瞬かせた。お園は笑みを浮かべた。

「女の人って、そういう理由のつかないような気持ちの揺らぎとかって、ありますよね。澄香さんだって良い御縁談で、相手の方に御不満などはないのでしょう？」

「え、ええ。ありません。……親同士が決めたものだから、面白くはありませんけれど」

「不満はないけれど面白くもなくて、憂鬱になってしまう、とか？」

「そうです！……ああ、もしかしたら私、その憂さを晴らすために、雪女などに化けて騒ぎを起こして気を紛わせていたのかしら」

明かりが灯る小さなかまくらに、澄香はふと目をやった。

「澄香さんは、恐らく家事をされたことがないのではありませんか」

「ええ、仰るとおりです。一応、裁縫《さいほう》など習いましたが、まったく出来なくて。

華道も茶道も面白くなくて、お琴や踊りはまだいいのですが」

「でも、お輿入れ先に、端女などいらっしゃるのでは？」

「ええ。いますでしょうが、私の旦那様になる方が、家の中のことはなるべく私にやってほしいと仰るのです。特に料理はしっかりやってほしい、と。妻には、絵に描いたような女房らしさを求めているみたいで」

「お相手は几帳面《きちょうめん》な方のようですね」

「そうなんです。私みたいな跳ねっ返りのいい加減な娘とは、まさに正反対。嫌な人ではないのですが、窮屈《きゅうくつ》そうで。……私、本当にやっていけるのかしら」

お園は、澄香が憂鬱になるのも分かるような気がした。澄香は小さなかまくらを眺めながら、ぽつりと言った。

「私は、家族というものにあまり希望を持てないのかもしれません。小さい頃から贅沢《ぜいたく》なものを与えられてきたのですが、父は遊び人で妾《めかけ》を囲っていましたし、母はそんな父によく癇癪《かんしゃく》を起こしていましたから」

「そうなのですか……」

「あの男の子に声を掛けたのも、手にしていたお菓子がやけに美味しそうに見えたからなのです。母はそのようなものを作ってくれませんでしたから」

澄香は溜息をつきつつもかまくらに手を伸ばし、また一つかりんとうを摘んだ。お園は微笑み掛けた。

「ねえ、楽しみながら一緒に作ってみましょうか。……この、かりんとう」

お園は澄香に、かりんとうの作り方を教えてあげた。

高野豆腐をぬるま湯で戻し、絞って短冊切りにする。味醂、黒砂糖少々、黒胡麻を合わせて調味料を作り、それを切った高野豆腐に揉み込む。それをまた軽く絞り、片栗粉をまぶして胡麻油で揚げる。黒いかりんとうの出来上がりだ。

「わあ、あつあつ！　出来たてはもっと堪らなく美味しいのね！　芳ばしくて甘くて、かりかりしてて、最高です」

澄香は目を細めて、揚げ立てのかりんとうを齧る。

「熱いから気をつけてね」

お園は次に白いかりんとうを作った。調味料を味醂、白砂糖少々、白胡麻にするだけで、作り方は同じだ。

「お砂糖は高いからなるべく使わないようにして、味醂を多くするの。味醂で甘みは出せるから。でも、お砂糖を少しでも入れると、味がぐっと濃厚になるのよね、やっぱり」

お園に教えてもらって、澄香は調味料を混ぜ合わせ、それを高野豆腐に揉み込み、片栗粉をまぶした。

「お上手ですよ。美味しいかりんとうが出来そうです」

「そうだといいのですが」

お園に褒められ、澄香は照れつつも嬉しそうだ。しかし揚げるのはまだ怖いようなので、それはお園がした。

澄香はお園の横顔をじっと見つめ、笑みを浮かべた。

「いいなあ、子供を思いやるお母さんの心って」

「あら、せっかくそう思ってくださったのに、水を差すようでごめんなさい。あの子は私の子供ではないんですよ。訳があってここの二階に居候させているのですが」

「え、あ、そうでした。仰っていましたね。失礼しました。てっきり女将さんのお子さんかと思いこんでしまっていて……」

「自分の子供でなくても、可愛いのは確かですけれどね。よくお手伝いもしてくれるんですよ」

「善いお子さんなんですね、連太郎さん」

二人は微笑み合った。

白いかりんとうが出来上がり、澄香は早速口にした。

「ああ、白も黒も、本当に美味しいわ。この白いほうは、白胡麻が利いているのかしら、なんだか一段と良いお味だわ」

「それは、澄香さんが手伝ってくださったからではないかしら？　調味料を合わせて、高野豆腐に揉み込んでくださったでしょう？　御自分でお作りになったものは、やはり美味しいのですよ」

澄香は熱々の白いかりんとうを一本齧ると、指をそっと舐めて、微笑んだ。

「やってみると意外に面白いかも、お料理って」

お園と一緒に作ったかりんとうの出来に、自分でも満足したようだ。

「でも、不思議ですよね。高野豆腐でかりんとうが作れるなんて」

「意外でしょう？　でも意外なことが上手くいくなんて、よくあるお話ですよ。澄香さんだって、意外なことが合ってしまうかも」

お園の言葉に、澄香は大きな瞬きをした。

お園は次に、このようなことをした。昼餉の味噌汁を温め直し、椀に注ぐと、かりんとうを、なんとその中に入れてしまったのだ。目を丸くする澄香に、お園は言った。

「かりんとうとかお煎餅って、意外にお味噌汁の具にも合うんですよ。お味噌の味のかりんとうも美味しいから、もしやと思って入れてみたら、いけたの。お麩《ふ》のようになって美味しいですよ。召し上がれ」

豆腐と小松菜の味噌汁の中、かりんとうがまさに麩のように浮いている。澄香は恐る恐る食べてみて、さらに目を見開いた。

「まあ、これは！」

「ね、意外といけますでしょ？」

お園はにっこり微笑んだ。かりんとう入りのお味噌汁を味わいつつ、澄香は思った。

――お味噌汁もかりんとうも、それぞれ美味しいけれど、二つを併せるとさらにまた違った美味しさが生まれる。人と人とも、そうかもしれない。自分とまったく違った人でも、混ぜ合わさったら、意外に美味な味わいが出て来るかもしれないということでは――

お味噌汁を飲み干し、澄香は言った。

「美味しかったです……本当に。お豆腐と小松菜だけでもよいお味だったのに、甘過ぎないかりんとうが利いて、いっそう味わい深くなって」

「もしお時間があれば、明日の夜、またいらっしゃってください。もっと色々お教えしますよ」

お園はやんわりと微笑んだ。

五

翌日、澄香は再びお園のもとを訪ねた。連太郎と勘助もいた。澄香は連太郎に謝った。

「驚かせてしまって、ごめんね」

「本当に雪女かと思いました」

連太郎は笑った。

お園は澄香の前に、二つの椀を置いた。一つには納豆、もう一つには餡子が入っている。

「澄香さん、両方お好きですよね？」

「はい。もちろん、どちらも好きです」

「では昨日の続きと参りましょう。それぞれ美味しい納豆と餡子。それをこうして混ぜ合わせるのです」

　そう言って、お園はまず納豆をよく掻き混ぜ、それに餡子を加えて、二つを混ぜ合わせ始めた。澄香も連太郎も勘助も、目を丸くする。

「ええ、それ、食べられるの？」

　連太郎は怪訝《けげん》な顔だ。

「もちろんよ」

　お園は微笑み、よく混ぜ合わせると、醬油を加えて、また練《ね》った。醬油を加えたことで、三人はさらに怪訝な顔になる。お園はそれを三人分作り、それぞれの前に置いた。椀の中を覗き、三人とも複雑そうな面持《おもも》ちだ。お園は言った。

「混ぜ合わせるともっと美味しくなる。意外に美味しい組み合わせ、どうぞ召し上がれ」

　三人とも顔を見合わせ、首を傾げる。澄香が椀を手にした。

「女将さんの仰ることを信じて……いただきます」

　恐る恐る箸で摘み、「あら……凄い粘りけ」と澄香は呟いた。そして口にし、嚙み締めた。連太郎も勘助も、澄香を見守っている。

澄香は呑み込み、声を上げた。

「やだ、お餅みたいで美味しい！　びっくり！　なにこれ？」

澄香の言葉に意表を突かれ、連太郎と勘助も食べてみる。そして二人とも、澄香と同じく驚きの声を上げた。

「本当だ、もちもちして、ぜんざいを食べてるみたいだ！」

「なんでこんな味になるの、不思議」

澄香が目を瞬かせる。お園は微笑んだ。

「ね、意外といけますでしょ？　いえ、これを思いついたのは、単純なことなんです。私、やはり納豆も餡子もどちらも好きで、ふと思ったんです。この二つを混ぜ合わせてみたら、意外に美味しいかもしれない、って。どんな味になるのか試してみたくて、早速作ってみたら、これが思ったとおり案外美味しくて。でもね、味が、まだちょっと調っていないような気がしたんです。それで醬油を加えてみるといいかもしれないと思って、足してみたのね。納豆に醬油はもちろん、餡子に醬油というのも、味に深みが出て意外に合いますから。で、こちらにも醬油を加えてみたら、味に調和が取れ、びしっと決まったんです。仰るように、ぜんざい風ですよね」

三人とも感心したようにお園の話を聞いている。勘助が言った。

「餡子にお醬油ってのも意外ですね」

「女将さん、凄いですね。すぐに試して、新しい味を作り出してしまうんですね」

連太郎の言葉に、お園ははっとした。

――そうよね。伝えられている美味しい味を再現してゆくのも大事だけれど、新しい味を作り出すことも大切なのかもしれない――

お園は板場へと行き、三つの皿を盆に載せて戻って来た。

「納豆餡子の巾着です。召し上がっていただいた納豆餡子が、油揚げの中に入っております。これまた、なかなかいけますすよ。お試しあれ」

納豆餡子を油揚げの中に詰め、軽く焼いたものだ。油揚げも醬油と味醂で軽く味付けしているので、香りも実に芳ばしい。三人は喉を鳴らした。

この納豆餡子の巾着も美味しく、三人は舌鼓を打った。

「意外な組み合わせが、これほど美味しいなんて……お見逸《みそ》れいたしました」

澄香はお園に頭を下げた。お園は「いえいえ、よしてください」と微笑んだ。

澄香は言った。

「夫婦の暮らしも、そうなのでしょうね。違う者が混ざり合って、意外な効果で、いっそう美味しくなる。そう考えると、楽しいですよね」

「なるほど、そうかもしれないな」

勘助が相槌を打つ。

「そのように考えますと、期待が持てるようになるのでは？」

お園の言葉に、澄香は頷いた。どうやらお園の料理で、澄香の嫁入り前の憂鬱も治まりつつあるようだ。連太郎が言った。

「私も養子だから、まったく違う家にいったということではお姉さんと似てます」

「そう言われてみれば、そうね。やっぱり、いったばかりの頃はたいへんだったでしょう？」

「はい。初めは慣れなくてたいへんでした。でも慣れてくると、退屈になってきます」

「やっぱり少々退屈なのは覚悟しておいたほうがいいわね」

澄香は笑った。連太郎はこんなことも言った。

「そうか。血が繋がってなくても、家族になれるんですね。だって夫婦は血が繋がっていませんよね。子は血が繋がってるけれど。で、夫婦と子まとめて家族ですから」

「ああ、そうね。そう言えば」

お園は相槌を打ち、続けた。

「心が繋がっていれば、家族になれるのよ」

「私も仲良し家族を築きたいわ」

澄香が微笑んだ。

お園は澄香と一緒に、人参を使った料理も作った。人参と大根の葉を細かく刻み、柔らかくなるまで胡麻油で炒める。それを、豆腐と片栗粉を捏《こ》ねたものに、混ぜ合わせる。それを丸く平べったく形作り、両面に卵の黄身を薄く塗り、胡麻油で焼く。焼きながら、味醂と醤油で味を調える。

これを出すと、連太郎は「美味しい、美味しい」とぺろりと食べてしまった。人参嫌いの連太郎に食べさせることが出来、大成功だ。お園と澄香は微笑み合った。

美味しそうに食べる連太郎を眺めながら、澄香は考え始める。

――私もこんな可愛い子供がほしいな。子供が出来たら、美味しいと言ってもらえるものを、たくさん作ってあげたいな。旦那様にも、美味しいと言ってもらえたら、やっぱり……嬉しいな――

澄香はお園に情をもらい、自分の家族とは違う、心の通じ合う家族を作りたいと思うようになってきていた。

澄香はお園に言った。

「なんだか私……意外にも、お嫁さんの暮らし、楽しめるかもしれません。家事って奥が深くて、面白そうですもの。雪女はもう卒業して、お料理を学ぶことにいたします」

勘助が口を挟んだ。

「女将さんの温かな料理で、雪解けして、健やかなお嬢さんの姿に戻ったようですね」

穏やかな笑いが起きた。澄香はお園を見つめた。

「また教えていただけますか」

「私でよろしければ、喜んで」

お園は澄香に約束した。

澄香は連太郎に訊ねた。

「ところでどうして江戸にやって来たの？」

連太郎が話しにくそうにしているので、お園がかいつまんで事情を説明すると、澄香は連太郎を励ました。

「そうなの……。たいへんね。でもお母様きっと見つかるわ」

「ありがとうございます。私も、そう祈っています」

澄香は連太郎の肩をそっとさすった。

澄香が帰ろうとすると、勘助が送っていくと申し出た。

二人が出て行くと、お園は連太郎に「そろそろ寝なさい」と言い、二階へ上がらせた。

お園は一人になると思った。

――澄香さん、行く末に望みを持ってくれたみたいね。そう、どんな悲しい昔があっても、行く末は真っさらですもの。そういえば、吉さん「一日一生」という言葉を認《したた》めたと言っていたわ。昔を振り返るな、先を案ずるな、今を大切に生きよ、ということらしいけれど、私もこれからを、大切に生きていきたい――

連太郎は寝床《ねどこ》に就《つ》き、思った。

――夫婦って、もともとは他人なんだ。それぞれ、違う育ち方をした二人が混ざり合うのだから、たいへんだ。でも、今日の料理みたいに、意外なものが上手くいくって面白いな。それが相性というものなのだろうか――

暗くとも、目が慣れてくると、微《かす》かに見えるようになる。連太郎は天井を見つめていた。

――心が繋がっていれば家族になれるって、女将さんが言っていたな。父上は、繋がっていたかな。違う育ち方をした者同士でも、家族になれるのかな。……でも、やっぱり血の繋がった、母上に会いたいな――

連太郎は滲んでくる涙を指で擦ると、布団を被って、無理やり目を瞑った。

送っていく道すがら、勘助は澄香と話をした。

「連太郎さんのお母さんを捜す手立てはあるのですか?」

「これは坊ちゃんには内緒にしてほしいのですが、あの子の母親は江戸へ来て、芸者をしていたようなのです。所帯を持ってからは、料理屋で働いていたみたいですが。その時の亭主だった男は、亡くなってしまったようで、それからの行方が分からないのです。未だに料理屋で働いているのか、それとも花街に戻ったか、その二つの線で捜しているのですが、なかなか見つかりません」

　澄香は少し考え、言った。

「芸者をなさっていらしたなら、身請《みう》けする時まとまったお金を払われたでしょうね、御主人は」

「え？　やはり、けっこう掛かるものなのですか？」

「ええ。私の家は高利貸しをしているのですが、そのような方はけっこういらっしゃいますよ。遊女と違って芸者たちは借金があるわけではないとも聞きますが、妻にしたりする場合は、筋を通すためにも置屋《おきや》にいくらかは身請け金を払わなければならないと思います。そのお金を払えない人たちが、私の家のようなところを利用するのです」

「そうなのですか……。だからあの子の母親は、所帯を持ってからも働きに出たのかもしれません。亭主に、身請けによる借金が残っていたとしたら、暮らしも楽ではなかっただろうから……」

「その御主人になった方、なんというお名前ですか？　よろしければ、私、こっそり調べてみましょうか。もしかしたら、うちで借り入れなさっていたかもしれません」

「お願いします。その借金が今もし残ったままなら、あの子の母親が払っている可能性があります。そうなると花街に戻った見込みが高いですから」

「はい、調べてみて、必ず御連絡します」

澄香は勘助に約束した。


その三日後、澄香は〈福寿〉を訪れ、報告をした。澄香は自分の家だけでなく、伝《つて》を頼りに別のところまで調べてくれた。啓市は神田佐久間町《かんださくまちょう》の〈大墨堂《だいぼくどう》〉で二十五両の借金をしていた。だが、死亡した後も名義が変わっておらず、月々返済されており、残りはあと一両足らずだという。

「〈大墨堂〉の手代に、一年前までうちの店に奉公していた者がいて、頭を下げて帳簿を盗み見てもらったのです。それゆえなにぶん、これ以上のことは分かりませんでした。ごめんなさい」

「いえいえ、じゅうぶんです！　よく調べてくれて、ありがとうございました。たいへん助かります」

お園と勘助は、澄香に丁寧に礼を述べた。

勘助は千鶴が遊女にまで身を落としていないことを祈りつつ、花街に絞って捜すことにした。深川のほか、吉原も一応調べることにし、町芸者たちも探ろうと思った。

この頃は町芸者が神田、四谷《よつや》、赤坂《あかさか》、麴町《こうじまち》、本所《ほんじょ》、浅草、下谷《したや》のほか、柳橋《やなぎばし》、同朋町《どうぼうちょう》、本町《ほんちょう》と広がっていたのだ。町芸者とは町中に住む芸者のことであり、郭《くるわ》芸者に対してそう呼ばれていた。

千鶴は町芸者として、この江戸の町に溶けてしまっているのだろうか——。

三品目　雪花菜《きらず》の噺《はなし》

一

千鶴はなかなか見つからなかった。お園も仕事の合間を縫って深川へと捜しに行ったが、そう容易には見つけ出せない。なにせ深川遊里といえば、江戸の岡場所の中でも最も賑わっているところだ。富岡《とみおか》八幡宮の門前ほか、遊里が数カ所あり、芸者だけでも二百人は超えるであろうし、遊女まで入れれば六百人ほどはいるであろう。羽織を纏って薄化粧、粋《いき》な深川芸者は江戸の華でもあった。

お園は女であるし、店もあるので、夜の町を歩き回るのも憚られる。そこでお園は、そのような探索は勘助に任せ、自分は人相書を手に船宿を当たってみることにした。深川では、吉原の引手茶屋にあたるものが船宿であったからだ。船宿が客と芸者の間を取り持ち、密会や出会いの場でもあったのだ。

よく晴れた日、お園は昼の休み刻に、猪牙舟《ちょきぶね》に乗って大川《おおかわ》から仙台堀川《せんだいぼりがわ》を進んでいった。お園は温石《おんじやく》を懐に忍ばせているので、風が少々冷たくても平気だ。

冬の川面は澄んでいて、陽射しがよけいに眩しく思える。川沿いの桜の木が、枝を揺らす。蕾もまだつけておらず、寒そうだ。

お園は亀久橋《かめひさばし》のあたりで降り、亀久町近辺の船宿を当たってみたが、分からずじまいだった。川に沿って歩きながら、お園は思った。

――小舟町も川の流れがよく聞こえるけれど、深川はもっと凄いわ。四方に川が巡っているものね。小舟町よりも、川の音色が高い――

そして、こんなことも浮かんだ。

――清《せい》さん、深川も好きな場所だって言っていたな。川を見ながら歩くの、好きだったもの。口笛を吹きながら。……今にして思うと、私が小舟町でお店を始めたのも、無意識の内に、川の音に惹《ひ》かれて清さんが戻ってくるような気がしたからなのかもしれない――

しかし、去っていってしまった清次のことを思い出しても、お園の心はもう殆《ほとん》ど疼《うず》きはしなかった。

――あの人の思い出も、この川のように、ゆっくりと流れていってしまうのかな――

桜の枝に留まっていた川蟬《かわせみ》が、何か獲物でも見つけたのだろうか川に飛び込み、水面で羽ばたく。頭と羽が水色で、お腹が橙色のこの鳥が、お園は大好きだ。暫《しばら》く立ち止まって川蟬を眺め、飛んでいってしまうと、お園は再び歩き出した。

母親が見つからず、連太郎は寂しそうだった。そんな連太郎を、お園も吉之進も励ましていた。

寺子屋では、芝居の合間に、皆で話について疑問に思ったことなどを語り合った。今日のお題は、「桃太郎に従った犬や猿や雉《きじ》たちは、桃太郎が持っていた吉《き》備《び》団子につられただけなのか」という点についてだ。

連太郎は、こう発言した。

「吉備団子につられたということもあるだろうけれど、実際に鬼退治についていったのだから、義もあったと思います。食べ物につられただけなら、途中で逃げ帰るだろうから」

師匠である吉之進は、「なかなか鋭い」と笑みを浮かべた。連太郎は、こうした一風変わった習いを楽しむようになっていた。

習いが終わった後、連太郎は吉之進に、『論語』の一節についてお園と言い合ったことを話した。連太郎は言った。

「私は、この世には人の道を外《はず》れて、得をしている者たちも多いと思うのです。

なぜ正直者は損をするのでしょうか。私は、人を不幸に陥《おとしい》れる者たちに、罰を与えてやりたいです」

幼さの残る声が、微かに震える。吉之進は、連太郎が誰に対して言っているか、気づいた。連太郎が自分の父親を恨んでいると、お園から聞いていたからだ。吉之進は少し考え、答えた。

「罰を与えて、それで連太郎の気持ちはすっきりするだろうか。……それで大切な人が帰ってくるわけでもない。虚《むな》しさがいっそう増すだけだろう」

吉之進は、好いた人だった紗代《さよ》のことを思い出し、自らのことを振り返って、そう言ったのだった。連太郎はうつむいたまま、無言になる。吉之進は続けた。

「私も女将が言うことに賛成だな。自分が納得のいく、まっとうな暮らしをするのが最もよいことだと思う。得する、損する、と考えるのは、邪道だ。富を得ていても不幸な者もいれば、貧しくとも幸せな者もいるだろう。結局は、心の持ちようだ」

そして吉之進は連太郎の肩を叩いた。

「今日は、ここまで。……どうだ、今から一緒に湯屋に行くか？　男同士、裸《はだか》の付き合いも必要だ」

「はい！」

連太郎の顔に、笑みが戻る。師に、同じ男として認めてもらったのが嬉しかったのだろう。

戸締まりをして湯屋へ行こうとしていると、勇二《ゆうじ》という寺子の母親が、笊《ざる》にいっぱいの野菜を入れて持って来た。

「お師匠様、悪いけれど月謝の代わりに、これ受け取ってくれる？」

「いやあ、かたじけない。助かります」

吉之進は笑顔で笊を抱えた。

「ごめんね。あいにく金子が手元になくて、こんなもので。うちの子、ここに通うようになって楽しいみたい。いつもお師匠様のことや習いのことを話してるよ。ほんと、ありがとね」

「いえ、こちらこそ楽しくやらせてもらっています。子供たちに教えられることも多いですよ」

「もう、かっこいいこと言っちゃって！　……ねえ、まだ独《ひと》り身なんでしょ？　お嫁さんとかは探してないの？　いつでも世話するよ。『素敵なお師匠さんがいる』って、この辺りでちょいと噂になってるからさあ」

勇二の母親が、笑いながら吉之進の肩を勢い良く叩く。吉之進は苦笑いだ。

「いやいや、かたじけない。私はこれから用がありますので、ではこれにて。野菜、まことにありがとうございました」

吉之進は笊を土間に置くと、連太郎を連れて速やかに長屋を後にした。

二人は、日が暮れ始め、藍色と薄紅色が重なり合ってゆく空を眺めながら、ぶらぶらと湯屋まで歩いた。堀江町《ほりえちょう》の〈梅《うめ》の湯《ゆ》〉は、お園も使っている湯屋である。

吉之進がその小さな背中を洗ってやっていると、連太郎が不意に言った。

「ねえ、お師匠様は、女将さんのこと好きではないのですか？」

唐突な問いに、吉之進の手が思わず止まる。連太郎が続けた。

「女将さんをお嫁さんにすればいいのに。女将さん、綺麗ですよね。仲も良いでしょう？」

吉之進は連太郎に頭から湯を浴びせた。

「……な、何をするんですか！」

「十歳の男子が口を挟むようなことではないぞ。お前にはまだ早い。ほら、今度はお前が俺の背中を流してくれ」

ぶっきらぼうに言い、吉之進は連太郎に背を向ける。連太郎は唇を尖らせ、師の背中を洗い始めた。

「おお、気持ち良い！　なかなか上手だな」

褒められ、連太郎の機嫌はすぐに良くなる。吉之進のその広い背中を見つめながら、連太郎は思っていた。

――亡くなった父上の背中も、大きかったな。なんだか懐かしいような気がするな――

吉之進の背中に抱きついて甘えたい気持ちを必死で抑えつつ、連太郎は隅々まで丁寧に洗った。

二

梅の蕾もほころびかけた如月の頃、竹仙がお園に相談に来た。

「あたしの知ってる親子でね、まあ仲が悪くて喧嘩《けんか》が絶えないんですよ。堅気《かたぎ》に生きていけという大工の棟梁《とうりよう》の父親、それに反発して噺家の修業中の息子。どうにか仲良くさせられないもんですかね」

父親の耕七《こうしち》は五十歳、息子の耕平《こうへい》は二十六歳。耕平は今昔亭朝酒《こんじやくていあさざけ》師匠に弟子入りしているが、なかなか芽が出ないという。

ちなみに竹仙は芸者を呼ぶような場所で朝酒師匠と知り合い、弟子の耕平と父親の不仲について聞いたそうだ。

「いえね、朝酒師匠が以前こんなことを言っていたのを思い出したのです。絵島《えじま》の踊りを見せてくれた芸者がいて、その人がとても美しかった、と。で、大奥にいた絵島が幽閉されたのは確か高遠藩ですよね。ちょっと調べてみたところ、高遠藩には絵島の民謡や踊りが伝わっているようで、その踊りをする芸者が江戸に居るならば、もしかしたら高遠藩の出身なのではないかと気づいたのです。これは連坊のおっかさんに繋がるぞ、と。それで師匠に、『前に仰ってた絵島の踊りをした芸者さんって、どこの方でした？　深川ですか？　私もお会いしてみたいので教えていただけませんか』とさりげなく訊ねてみましたが、師匠はどうもその時酷く酔っ払っていたみたいで、どこの誰かまったく覚えていませんでした。踊りが素晴らしかったことは覚えていましたけれど。で、その時、お弟子さんの耕平さんも一緒だったらしく、『あいつに訊けば分かるかもしれない』などと仰いましてね。そんな訳で、耕平さんにお話をお伺いする前に、親子喧嘩をどうにか諫《いさ》めて、恩を着せられないものかと」

「恩を着せるというよりも、落ち着いていただきたいし、気になるわ。私でお役に立てるか分からないけれど、連れてきてくれたら、張り切って美味しいものをお出しするわ」

「いつもどうもすみませんねえ。女将を見込んでのことですので。では、よろしくお願いします」

竹仙は頭を下げ、帰っていった。


竹仙に連れられ、耕七と耕平が〈福寿〉を訪れた。店が終わった後で、貸し切り状態である。親子でゆっくり話をしてもらいたかったからだ。

しかし、小上がりに腰を下ろすとすぐに喧嘩を始めた。お園は「まあまあ、落ち着いて」と必死で仲裁するが、二人ともお園の話など耳に入っていないようだ。

お園は二人に梅酒を出して、行方を見守った。梅酒はお園が作ったものだ。しかし二人はそれにも手をつけず、耕七が一喝した。

「いつまで経っても高座《こうざ》にも上がれぬ莫迦息子が！　お前なんて落ちて零《こぼ》れた人

生だ」

　すると、耕平が真っ青な顔で立ち上がった。

「上等じゃねえか！　お前みてえな親父、いらねえよ。縁切りだ！」

　そう怒鳴り返すと、竹仙が止めるのも聞かず、出て行ってしまった。耕七も酒の代金だけ叩きつけるように置き、帰っていった。

　二人の剣幕に、お園はどっと疲れが出て、床几に腰掛けた。

「お騒がせしました。どうもすみません」

　竹仙は平謝りで帰っていった。

　店を片づけながら、お園は朝顔長屋に住む幸作が語ってくれた過去の話を思い出していた。

　絵師になりたくて、「堅気に生きろ」という父親を振り切って江戸へ出て来たものの、日の目を見ずに女房を死なせてしまい、それから長い間絵筆を持てなくなってしまったという話だ。

　――幸作お爺さんは今は楽しんで生きられるようになったみたいだけれど、その間は決して平坦な道のりではなかったのよね――

　そのことを思うと、息子の耕平の気持ちだけでなく、父親の耕七の気持ちも分かるような気がした。

——親ならば、今からでもどうにか息子さんの人生を、堅実な方へ引き戻したいのかもしれないわ。だから怒るのかもしれない——

やるせなく、お園は溜息をついた。

翌々日、お園が買い出しから戻って来る時、耕平を見掛けた。一雨来そうな曇《くも》り空の下、耕平は親父橋《おやじばし》の上で、物憂げな面持ちで東堀留川を眺めていた。その姿を目にし、お園は思った。

——耕平さんも色々思い悩んでいるのでしょうね——

声を掛けると、耕平はお園のことを覚えていた。

「凄い剣幕で喧嘩なさってたから、私のことなど覚えてらっしゃらないかと思いました」

お園は微笑んだ。

「本当にすみませんでした」

耕平は恥ずかしそうに謝った。

お園の柔らかな微笑みに心が和《なご》んだのだろう、耕平は父親とのことをぽつりぽつり話した。

「親父の気持ちも分からないことはないんです。お袋は俺が小さい時に亡くなったんですが、それから男手一つで親父が育ててくれましてね。根っからの職人気質《かたぎ》で、くそ真面目《まじめ》ってのが取り柄《とりえ》でね。一人息子の俺に、跡を継いでほしかったんですよ。でも俺はどうしても噺家になりたくて。家を出て、師匠に弟子入りしたのですが、なかなか芽が出なくてね。いまだに名前ももらえず、高座にあがることも出来ないんです。もうあと一歩だって、師匠は言ってくれるんですけどね」

「厳しい世界なのですね」

「ええ……。正直、これほど厳しいとは思いませんでした。自分でも不安になっていて、それで親父に何かを言われると、よけいにかっとしてしまうんです。きっと、図星だからなのでしょうね」

耕平は苦笑いをした。お園は訊ねた。

「どうして噺家さんになろうと思ったのですか？」

耕平は一息つき、答えた。

「お袋が早く亡くなってしまったと言いましたでしょう。だから俺は、笑うことで、寂しさを紛らわしていたんですよ。そのうちに、寺子屋で面白いことを言って友達を笑わせることが出来た時なんか、とっても嬉しくてね。それで気づいたんですよ。自分が笑うだけでなく、人を笑わせた時も、寂しさが紛れるってことに」

お園は黙って話を聞く。耕平は続けた。

「それが俺が噺家を目指す第一歩だったのかな。そのうち、話芸で人を楽しませたい、笑わせたいって気持ちが膨れ上がっていってね。……親父の大工の仕事が立派だって知ったのも、それを伝える噺を聞いたからなんですよ。火事で家を失ってしまった人たちのために仮の家を建てようと奮闘する、って噺なんですけれど。その噺で、大工たちは、昼間は燃えた家の建て直しをして、夕刻からは仮の家を作り始めるんです。それで皆、寝不足になってしまう。大工は、鉋《かんな》で材木を削るだけでなく、眠る時間も削ってる、ってオチでね。その噺を聞いた時、大工って人の役に立っているんだなあ、凄いなあって、親父のこと誇らしく思いましたよ」

耕平は照れたような笑みを浮かべた。お園は思った。

——耕平さんは、なんだかんだ仰って、お父様のことをちゃんと分かってらして、認めていらっしゃるのね——


耕平はこうも言った。

「だから俺も、大工やほかの仕事の凄さを伝えながら、人を楽しませて笑わせることもしたいと思ったんです。でも……なかなか難しくてね」

お園は微笑んだ。

「改めて、何か御馳走させてください。今度はお一人でお気楽にいらっしゃって。お腹いっぱい召し上がれば、きっと元気になりますよ」


その夜、店を閉めた後に呑みに来た吉之進に、お園は耕七と耕平の親子の話をした。しかし吉之進は別に心配することもなく、「そんなのはよくある話だ。平気だよ」と微笑んだ。

「どんな人生になっても、自分が決めた人生が一番良いのだ。女将も前にそんなことを言っていなかったか」

「そうよね。確かに」

お園もつられて笑みを浮かべた。

吉之進はお園が作った烏賊《いか》の天麩羅《てんぷら》を味わいながら、酒を呑む。小上がりに置いた火鉢に薬罐《やかん》を載せているので、湯気で店の中は暖まっていた。吉之進に「一緒に呑もう」と誘われ、お園も小上がりに座り、酒を注ぎ合った。

「さっき、雪がちらほら降っていた。今年は雪が多いな」

「積もるかしら。でも、もう、これで最後じゃない？」

「そうだな。そろそろ梅が咲き、来月は花見の時季だ」

「いいわよねえ、お花見。去年は常連の皆さんと一緒に行ったのよ。上野《うえの》の寛永《かんえい》寺《じ》に。お弁当持って八兵衛さんたちと。楽しかったわ」

「ほう、寛永寺か。あそこの桜は見事だからな」

「素敵だったわ。でも皆、花より団子でさ、文ちゃんや竹仙の旦那なんかべろんべろんに酔っ払っちゃってたいへんだったわ」

思い出し、お園は苦笑する。

「今年も皆で行くのかい？」

「ええ、たぶん。今年は長命寺《ちょうめいじ》まで足を延ばして、名物の桜餅を食べよう、なんて話してたの。もし都合がついたら、吉さんも一緒にどう？」

「……いいね、風流だ」

「よかった！　約束よ」

お園は顔をぱっと明るくさせた。

雪の音が聞こえてきそうなほどに、静かな夜だ。しかしお園は吉之進の隣で、温《ぬく》もっていた。

「これ旨いなあ。女将は天麩羅を揚げるのも上手いよな」

烏賊の天麩羅を指で摘んで食べながら、吉之進は酒を呑む。自分の作ったものを「旨い」と言ってくれる吉之進が、お園は愛《いと》おしかった。庄蔵とのことがあって一時は酷く荒れていた吉之進だったが、寺子屋を始めてからはすっかり落ち着き、お園は安心していた。

「連太郎さんのこと、いつもありがとう。あの子、寺子屋に行くのが楽しくて仕方がないみたい。遅くまでおさらいしてるし」

「ああ、よくやってるよ。芝居も上手くなってきたし、意見もはっきり言うしな。どうだ、女将も今度、教えているところを見に来れば」

「え、いいの？」

お園は目を瞬かせた。吉之進が教えているところをずっと見に行きたかったのだが、迷惑になると思い遠慮していたのだ。

「もちろん。昼の休み刻だったら、顔を出せるだろう？　まあ、俺としては少し照れくさいが、連太郎の活躍は見ておくべきなのではないかな、母親代わりとしては」
母親代わりと言われ、お園はドキッとした。
「そ、そうね。見せてもらえるなんて、有難いわ。では、近々、お伺いさせてい
ただきます。……楽しみだわ、あの子、よく言ってるから。『お師匠様は一風変
わった教え方をなさるのですが、それが面白い』って」
「ははは、そんなことを言っているのか」
「お民ねえさんも言っていたわよ。吉さんの教え方、評判が良いみたいじゃな
い。子供が楽しく学べる、って」
吉之進はお園に酒を注ぎ、気恥ずかしそうに笑った。
「俺は型に嵌《はま》った教え方はしたくないんだよ。というか、寺子たちと、ともに学
んでいきたいと思っている」
「いいわね。吉さんらしいわ」
「いや、ともに学ぶなどというと聞こえは良いかもしれぬが、実は漠然《ばくぜん》と不安な
のだよ。こんな俺が人に教えてよいものかと」
お園は吉之進を見た。吉之進は続けた。

「同心を勝手に辞めて、親に廃嫡《はいちゃく》を願い、放浪していた俺だ。こんな親不孝者が、本当に『論語』などの儒学を教えて良いものなのかと、自問自答することがある」

苦笑する吉之進に、お園は笑顔で返した。

「いいんじゃない？　私は難しいことは分からないけれど、『論語』に書かれているようなことをすべて実践出来る者がいるとしたら、それこそ孔子様とかお釈《しゃ》迦《か》様に近いような人たちでしょう。そこまで悟りを開くには、時間が掛かって当然よ！　だから今はまだ、吉さんが自分でも言ったように、子供たちと一緒に学んでいくということでいいのではないかしら」

「……そうだよな。まだ、俺自身が学んでいるところで、いいんだよな」

「そうよ。それに……親の傍にいて孝行することが出来なくても、今の吉さんみたいに鬱々とせずに充《み》たされた毎日を送っていれば、それだって親孝行になると思うわ」

「そうかな……」

「うん、そうだと思う。親ってきっと分かるのよ、たとえ子供と離れていても。子供が今、どんな気持ちで、どんなふうに過ごしているか」

「そんなものなのか」

お園は一息つき、訊ねた。

「吉さんは、御両親に、まだ複雑な思いを抱いているの？」

吉之進は酒を啜り、ぽつりと答えた。

「いや……今はもう、ほとんどない。まったくないと言えば嘘になるし、家に戻る気も一切ない、否、戻ることなど出来ぬが、親に対する怒りなどは消えてしまいつつあるな。なぜだろうか」

お園は吉之進の横顔を見つめた。吉之進は少し考え、自ら出した答えを口にした。

「もしかしたら、女将が言ったように、今、それなりに充たされているからかもしれない」

「そうなのでしょうね。……それに、私は、吉さんの御両親には感謝しているもの。吉さんが御両親をどう思っているにせよ」

「ふむ。俺の親に感謝していると？」

お園はにっこり笑って答えた。

「ええ。だって、吉さんの御両親がいらっしゃったから、吉さんが生まれて、この世にいるのですもの。御両親のおかげよ、一緒にお花見に行けるのだって」

　吉之進は黙ったままでいる。お園は続けた。

「吉さん、御両親に対する怒りなどは消えつつあるって言ったけれど、そのうちすっかり消え去ってしまって、そうしたらまた別の思いが湧いてくるかもしれないわ。そういう心の動きって自然に起こると思うから」

　吉之進がお園に酒を注ぐ。お園は「ありがとう」と礼を言って、啜った。不意に眼差しを感じ、横を見ると、吉之進が自分をじっと見つめていた。お園は頬が熱くなり、酒を慌てて呑み込むと、噎《む》せてしまった。

「大丈夫か？」

　吉之進に問われても、頷くばかりで、ちゃんと答えられない。吉之進は立ち上がり、瓶から水を汲んで湯呑みに注ぎ、お園に渡してくれた。お園はそれを急いで飲み、ようやく落ち着いた。袂《たもと》で涙を拭うお園と、吉之進の目が合う。二人はどちらからともなく笑い出し、お園はまた咳をした。

　すると吉之進は羽織を脱《ぬ》ぎ、それをお園の肩に掛けた。

「冷えるからな。気をつけろよ」

　お園は頷き、羽織をぎゅっと握り締めた。吉之進に包まれているようで、躰の芯まで温もってゆくのを感じた。

三

店が閉まる頃、耕平がお園の店を訪れた。

「いらっしゃいませ。どうぞ」

連太郎がお茶を出す。

「おっ、しっかりしてるねえ。この子は女将さんのお子さんですか?」

「いいえ、事情があって預かってるんです。明日は寺子屋がお休みだから、『手伝う』って言ってきかなくて」

「へえ、ちゃんとお手伝いするんだ。いい子だね。感心、感心」

耕平は連太郎の頭を撫でた。

少し経って、竹仙に連れられて耕七が入って来た。耕平の顔色が変わった。立ち上がろうとする耕平を、竹仙は「まあ、まあ」となだめた。

親子は、相変わらずぶすっとして口もきかない。連太郎が、耕七と竹仙にお茶を運んだ。

「連坊、今宵は遅くまでお手伝いですね」

雰囲気を和ませたいかのように、竹仙が努めて明るく声を掛ける。連太郎も笑顔で答えた。

「はい、明日は寺子屋がお休みですので」

耕七は連太郎からお茶を受け取り、それを啜って、ぽつりと訊ねた。

「いくつだい？」

「十歳です」

「寺子屋は楽しいかい？」

「はい、色々なことを教えてもらえるので、楽しいです」

「そうか……一番いい頃だな、今が」

耕七はまたお茶を啜る。連太郎は何か言いたそうな顔をしたが、「はい」と小声で答え、下がった。

耕七と耕平は顔を背け、口をきかぬままだ。強情な親子に、今度はお園が酒と小鉢を出した。小鉢には、大根おろしが盛ってある。お園は言った。

「お酒に合いますよ。おろしたてです。何も掛けずに、このままお召し上がりください」

耕七と耕平はぶすっとしたまま、小鉢に箸をつけた。醤油など何もつけていない、純粋な大根おろしを口にして、二人は目を見開いた。

「これは……旨い」

旬の大根の、爽《さわ》やかな甘酸っぱさが、舌に心地良い。みずみずしい味わいが口の中に広がり、二人は目を細めた。耕平が感嘆した。

「何もつけなくても、大根のみの味でこれほど美味しいなんて、凄いな」

二人は小鉢をあっという間に空にしてしまった。お園は言った。

「こちらは、大根の真ん中をおろしたものです。大根は部分によって味が違いますからね。根っこのほうは辛味が強くて、真ん中は甘味が強く、葉っぱのほうもやや甘味が強い。お好みにもよりますが、それはさておき、素材のみでこれほど美味しいものを作るお百姓《ひゃくしょう》さんって、本当に凄いですよね」

お園は微笑み、板場に下がった。そして今度は、薩摩芋《さつまいも》を二人に出した。皮を剝《む》いて適度に切った薩摩芋を、ただ茹《ゆ》でたものだ。

「こちらも、薩摩芋を茹でただけですが、いけますよ。けっこうお酒にも合いますので、どうぞ」

薩摩芋に箸をつけ、耕七が唸った。

「これも何の味付けなしでも、旨いな。素材だけで勝負出来る。見事だ」

お園は微笑んだ。

「ねえ、本当に。おろすだけで、茹でるだけで、これほど美味しいものを私たちに届けてくださるんですもの。お百姓さんに感謝いたしませんと。……ね、耕平さん。良い噺が出来そうですね」

お園の柔らかな眼差しで見つめられ、耕平が躊躇いの色を見せる。お園は続けた。

「耕平さんは、様々なお仕事の、それぞれの凄さを伝えたくて、噺家になろうと思われたのでしょう？　そう仰ってましたよね。大工さんのお仕事の立派さも、寄席《よせ》でお聞きになったお噺がもとで知った、って」

耕七が息子を見つめた。耕平はうつむいたまま、頷いた。耕七が押し殺した声を出した。

「そうだったのか……」

お園は板場へ戻り、今度は鰤の料理を持って来て、二人に出した。品数が多いので、運ぶのを連太郎にも手伝ってもらう。鰤と大根の煮付け、鰤のあら汁、鰤のお刺身を御飯に載せて葱を散らした鰤丼だ。

あまりの美味しさに、耕七も耕平も、夢中で箸を動かした。いずれも酒も進む味だ。

連太郎と竹仙が羨ましそうに見ているので、お園はあまった鰤と大根の煮付けを二人に出してあげた。

「やった！」

「さすが女将、有難いねえ」

連太郎と竹仙も嬉々としながら頬張り、「旨い！」と声を上げる。

熱々の料理を、耕七と耕平は額に微かな汗を浮かべて堪能した。

「ああ、躰が温ったまる。脂が乗ってて実に旨い」

「久しぶりにこんな旨いものを食った」

耕七も耕平も料理に満足し、顔から険が取れてきている。そんな親子に、お園は微笑んだ。

「鰤はやはり美味しいでしょう？　でも、鰤って初めから鰤ではないんですよね。出世魚ですから」

鰤は稚魚の時はモジャコといい、成長するに従って、つまりは大きさによって名前を変える。モジャコ↓ワカシ↓イナダ（上方ではハマチ）↓ワラサ↓鰤、と。

お園の言葉に、耕七と耕平ははっとしたような顔をした。お園は続けた。

「時間を掛けて成長して、脂の乗った美味しい鰤になるんですよ。……人間もそうなのかもしれませんね」

耕七は箸を止め、思った。

――確かに、そうだな。初めから完成している人なんていねえ。一人前の大工になるのだって、時間が掛かる。出世するには、どの道たいへんなんだ。人間だって、時間を掛けて成長して、脂が乗ればいいのかもしれねえ……――

盃を持つ耕七の手が、微かに震えた。耕平も、なんだかんだと、大工の棟梁である父親には、一目置いていたようだ。息子の真の思いを知って、耕七も胸にくるものがあったのだろう。

「頑張れよ」

掠れる声で言うと、耕七はまた鰤を突き始めた。

――二人とも意地になっていたのね。……でも、仲直り出来そう――

お園はひとまず安堵《あんど》する。連太郎も竹仙も、親子を見守っていた。

お園は次に、おからを炒《い》り煮して作った〝卯《う》の花〟、油揚げに葱を詰めて炙った〝葱巾着〟を出した。どちらもこれまた酒が進み、耕七も耕平も相好を崩した。

「この巾着、葱にとろみが出て最高だ」

「卯の花、懐かしい味わいだなあ」

お園がにっこりした。

「おからも油揚げも、元々は同じ大豆から作られたものなんですよね。全然、似ていませんけれど。不思議ですね」

二人はお園を見た。お園は続けた。

「おからと油揚げ、元は同じだけれど、見た目も味も、まったく違う。でも、それぞれの味があって、どちらも美味しい。……こうしてみても、いけますよ」

お園は、卯の花を油揚げに詰めて炙った、〝卯の花巾着〟も出した。それを味わいながら、耕平は思った。

——おからを油揚げが包み込んで、守っているみたいだ。違っていても、繋《つな》がっている、親子のように。……なるほど、優しい味わいだ——

耕七と耕平の目が合う。二人は気恥ずかしそうに、すぐに目を逸らした。卯の花巾着を突きながら、二人は盃を重ね合わせた。

「卯の花って、お袋もよく作ってくれたなあ。でも巾着ってのは初めて食べた。

おからってのは奥が深いなあ」

耕平が言うと、お園が返した。

「おからって、〝きらず〟とも言うんですよ。包丁で切らなくてもお料理が出来るから。漢字で書くと、〝雪花菜〟。綺麗な名前ですよね。おからは本当に色々活用出来て便利なんです。卯の花を御飯に混ぜた〝おから御飯〟も美味しいですよ」

「女将さん。もしあったら、それ、少しでいいので、いただけませんかね。その、おから御飯っての」

耕平がねだると、お園は微笑んだ。

「もちろん、いいですよ」

すると耕七が、がなった。

「しかしよく食うなあ！　能なしの無駄飯食いとはお前のことだ！」

「親父さん、またまた。まあ、今日のところは」

竹仙が慌てて取りなす。しかし耕平は涼しい顔だった。

「何言われたっていいさ、旨いものを鱈腹食って、御機嫌だからな、今夜の俺は。そうか、腹が満足すれば、腹は立たないんだ。初めて知ったぜ」

そう言って、耕平はにやりとする。連太郎もつられて笑みを浮かべた。

結局、耕平だけでなく耕七も、連太郎と竹仙も、おから御飯を食べた。

「うん、ふっくらして、優しい味わいだ」

「脂っこい鰤の後には、さっぱりしていていいね」

皆の言葉と笑顔が、お園の心を温かくしてくれる。耕七が連太郎に言った。

「坊ちゃんはいいな。お母さんに毎日こんな旨い飯を作ってもらえて」

連太郎がちらとお園を見る。耕平が代わりに答えた。

「この坊ちゃんは女将さんの子供ではないんだってよ。訳があって預かってらっしゃるとか」

「ああ、そうなのですか。それは失礼しました」

「いえいえ、今は私が親代わりですから」

お園が連太郎に微笑む。連太郎が不意に言った。

「私は六つの時に父上を亡くしました。だから、父上がいる人が羨ましい。私も親子喧嘩したかったです」

一瞬、しんとなる。皆、連太郎を見つめた。

耕平が口を開いた。

「そうだったのかい。辛かっただろうな。……お母さんはお元気なのかい？」

「はい……たぶん、元気だと思います」

「たぶん？」

「今、どこにいるか分からないので。母上を捜しに、信州から江戸に出てきたんです。それで、このお店に通うようになって、居候させてもらうようになったんです」

「そうなのかい……まだお母さんは見つかってないいんだね」

「はい。……江戸は、やっぱり広いです」

連太郎の顔が曇った。耕平は連太郎の頭を優しく撫でた。

「大丈夫、根気よく捜せば見つかるさ。しかし寂しいだろうな。信州では親戚の家にいたのかい？」

「私は養子に行きましたので、その家にいました」

「ああ、養子に行ったのかい。それなら義父《とう》さんと義母《かあ》さんがいるから、安心だな」

連太郎は唇を尖らせた。

「私は、本当の母上に会いたいのです。本当の父上と言い合いしてみたりしたかったのです。義父母はただ私を育ててくれているだけで、結局、本当の親ではありませんから」

「いや、坊ちゃん、そんなことはねえよ」

黙って聞いていた耕七が、ぴしゃりと言った。皆、耕七を見る。耕七は続けた。

「あんたを大切に育ててくれているんだったら、義父さんも義母さんも、あんたのれっきとした親御さんなんだよ。血が繋がってるとか繋がっていないとかなんて、関係ねえんだ。世の中にはな、実の子を虐《しいた》げる親だっているし、貧しいからというだけで子を捨ててしまう親だって、子を売ってしまう親だっているんだよ。血が繋がっていたって、そういうことがあるんだ。それとは逆に、血が繋がっていなくたって、捨て子を拾って大切に育ててくれるような人たちだっているる。そういう人たちは、その子にとっては、本当の親以上に親なんじゃねえかな」

耕七の目が、微かに潤んでいるように見える。耕平が「親父……」と、耕七の背をそっとさすった。耕七は酒をぐっと呑み、再び続けた。

「悪いな、説教じみたことを言っちまって。……俺がそうだったんだ。俺は捨て子で、拾われたんだよ」

連太郎は瞬きもせずに、耕七の話を聞いている。

「その親父が大工だったんで、小さい頃から厳しく教えられてな。『なんでこんなにうるせえんだろ』って恨んだこともあったよ。でも、親父のおかげで、俺は一人前の大工になれた。感謝してもしきれないほどだ。……俺が捨て子だったと知ったのは、ちょうどお前さんぐらいの歳だったな。親父もお袋も俺には黙っていたんだが、親父の弟がうっかり口を滑らせたんだ。それで泣きながら親父に問い質《ただ》したら、教えてくれた。でも俺はその時、親父とお袋に有難いと思ったね、心から。二人とも厳しかったけれど、俺にちゃんと飯を食わせてくれた。温かい寝床を与えてくれた。寺子屋にも行かせてくれた。だからその親父とお袋が、俺にとって本当の親なんだ。血が繋がっていなくてもな」

耕七は連太郎の頭を撫でて、微笑んだ。

「血が繋がっていても、繋がっていなくても、たくさんの情をくれた人が、親ってことなんだよ。あんたも、今は分からなくても、いつか分かるさ。……本当のお母さん、見つかるといいな。でも、育ててくれてるお義母さんのことも、忘れるなよ」

「……はい」

連太郎が唇を嚙み締める。竹仙は洟を少し啜っていた。お園は耕七のために、燗をつけにいった。

帰り際、耕七が言った。

「今度はこいつと鱈を食べたいなあ。女将さん、また必ず寄りますよ」

お園の料理と酒を堪能し、耕七と耕平は穏やかな表情だった。耕平はお園に礼を述べた。

「女将さんのおかげで、噺を思いつきました。ありがとうございます」

お園と連太郎は店の前で、三人を見送った。

「坊ちゃん、またな」

耕七が振り返り、手を振る。「またね！」と連太郎も大きく手を振り返した。

四

お園のもとに、耕平が嬉しい知らせを持って来た。師匠から〈今昔亭朝寝《あさね》〉と命名され、初高座が決まったという。お園は我が事のように喜んだ。

「良かったわねえ！」

「必ず聴きに来てください」

耕平に言われ、お園は約束した。

「お父様にもちゃんと報告なさったの？」

「今から行くんです」

「じゃあ、ちょっと待ってて」

お園は板場へと行き、少しして戻って来ると、包みを耕平に渡した。

沢庵《たくあん》を細かく切って醬油と味醂で味付けしながら炒め煮をして、それを御飯に混ぜて、おむすびを握ったのだ。素朴だが、胡麻油で炒め煮することで沢庵も柔らかくなり、これ、なかなかいけるのである。

「よかったらお父様と一緒に食べてね。ちょうどお昼時でしょ」

おむすびという言葉の起源は、『古事記』に記された「むすび（産巣日）のかみ」だ。おむすびの「び」には古くは「魂」の意味があり、「魂を込めたもの」の意味もあるという。ほかにも「縁を結ぶ」の意味も持っており、おむすびという言葉には、温かなものが詰まっているのだ。

「有難くいただきます」

耕平は喜び、二人は微笑み合った。

耕平は父親の仕事場へ行き、初高座の報告をして、一緒におむすびを食べた。息子の良い知らせに、耕七も優しい笑みを浮かべていた。

「ようやく一人前になりやがって」

父親に言われ、耕平は胸が熱くなった。

よく晴れた空に、白い雲がたなびいている。その雲を見ながら、耕七がぽつりと言った。

「大きい雲だなあ。こうやって見ていると、なんだか、あの雲の上に乗れそうな気がしてくるよ」

耕平は黙って父親の横顔を見つめた。

その頃。勘助は、ひたすら千鶴を捜していた。深川ではなかなか見つからないので、吉原にまで足を延ばした。

大門をくぐり、仲ノ町《なかまち》の両側に建ち並ぶ引手茶屋を眺め、勘助は目を見張った。赤い提灯が連なり、着飾った女たちと浮かれた男たちで賑わっている。

――凄いな、これが吉原というものなのか――

如月の二十五日から植えられるという桜はまだ拝《おが》むことが出来なかったが、それでも夢の如き世が広がっていた。

あまりに華やかな雰囲気に呑まれ、千鶴の人相書を手に訊ね歩くのが躊躇われる。

――どのように探索すればよいのだろう。こんなに人が多くては、難しい――

迷いながら、勘助は水道尻《すいどじり》に向かって、仲ノ町を歩き出した。大通りには引手茶屋が並んでいて、横町に入ると張見世《はりみせ》があり格子越しに遊女が見えた。

「兄さん、あがっていきなんし」

遊女たちが声を掛けてくる。勘助はその中に千鶴を捜した。張見世を何軒も当たって目を皿にして捜したが、千鶴らしき女はいなかった。

――やれやれ、見つからなくて良いのか、悪いのか――

複雑な思いを抱きつつ、勘助は再び大通りへと出た。すると花魁《おいらん》道中に遭遇した。

遊女の中で最高の位である花魁が、提灯を持った若い衆を先頭に、新造、禿《かむろ》や遣り手、茶屋の亭主や芸者など大勢を従えて、見世から引手茶屋まで練り歩くのだ。花魁は髪を伊達兵庫《だてひょうご》に結い上げ、派手な簪《かんざし》や櫛をいくつも飾っている。緋色と金色と深緑色が基調の豪華な打ち掛けを纏い、高下駄を履いて外八文字でしゃなりしゃなりと歩く姿は、まさに華である。

花魁の艶やかさに目を奪われ、勘助は立ちすくんでしまった。ぼうっと見とれていたものの、花魁が近づいてくると、——おや？——と思った。

その花魁が、千鶴に似ているように見えたからだ。

——いや、待てよ。そんなはずがあるわけが……。でも、似ている。目許といい、すっと通った鼻筋といい……——

花魁の打ち掛けに鶴が描かれていることに気づいた時、勘助は千鶴と確信した。

思い込んでしまったら、もう後先のことは考えられなかった。勘助は人を掻き分けて花魁に近づき、その肩を摑んだ。

花魁が悲鳴を上げた。

——あ、見間違いだった——

そう思った時には、勘助は若い衆に捕らえられていた。勘助は見世の男たちに取り囲まれ、殴られ、蹴られ、大門の外へ放り出された。

――こんなことで、へこたれるものか。千鶴様を見つけ出すまでは――

口を切って血を出し、顔と躰に痣《あざ》を作りながらも、勘助はめげなかった。

五

耕平の初高座の日がやってきた。場所は両国《りょうごく》、夕刻からの高座は多くの人で賑わっていた。題目は《親父と息子、おから喧嘩》。お園も連太郎を連れ、吉之進、竹仙、八兵衛夫婦たちと一緒に聴きに行った。耕平のハレの日なので、お店は休んだ。

内容は、「堅気に生きろ」という口喧《くちやかま》しい大工の父親と、「勝手気ままに生きる」というのが信条の戯作《げさく》者を目指す放蕩《ほうとう》息子の、喧嘩噺である。久しぶりに会った二人は、料理屋の座敷で揉め始める。その乱暴にも近い、迫力ある喧嘩口調で、耕平はお客を笑わせた。

――金も無いのに借金しては芸者遊びをしている息子に、父親が怒る。すると息子が言い返す――

息子　あんな艶っぽい姐さんに、生島《いくしま》、絵島だなんて言われてさ。絵島なんて踊られた日にゃあ、たまりませんよ。
父親　なにが江《え》ノ島《しま》だ。弁天様にお参りにでも行ってきやがれ！
息子　江ノ島じゃねえよ、絵島だよ。大奥の。知らねえのかよ、つるっ禿《ぱ》げの阿呆親父！
父親　なんだとお、とっつあん坊やが、偉そうに！　おう、お前などとは親子の縁を切ってやる！
息子　おお、上等だ。こちらこそ縁切りだ！
——女将が座敷に入ってくる——
女将　まあまあ、お二人とも、それぐらいになさって。おから飯でも如何ですか？
息子　やだね、女将さん。こんな時におから飯なんて。
父親　いや、怒り過ぎて腹が減った。俺はもらうよ。——ぱくぱく食べて——旨いねえ、このおから飯！
息子　なに、旨い？　じゃあ、俺も食べてみるか。……うん、旨い。おからの飯なんて期待していなかったけど、旨いもんだ。

女将　ふふふ。お二人とも似てらっしゃいますねえ、さすが親子。
息子　似てる……って。やだね、こんな禿親父と似てるなんて。
父親　俺だって、こんな薄ら莫迦と似てるなんて、真っ平ごめんだ！
息子　おう、言ったな。縁切りだ！
父親　こちらこそ、望むところだ、すっとこどっこい！
女将　まあまあ、喧嘩するほど仲がよろしいっていうじゃありませんか。いったい何をそんなに怒っていらっしゃるんです？
息子　――おから飯の丼を置き、酒をぐいと呑んで、しみじみと――
ホントは分かってんだよ、親父の凄さを。俺がふらふら暮らしてる長屋だって、大工が建ててくれたもんだ。大工がいなかったら、俺たちどこで寝起きしろっていうんでえ。俺たちにとって必要な大工、しかもその棟梁ってんだから、つるっ禿げでも大したもんだって思ってるんだぜ。
父親　おい、つるっ禿げってのはよけいだろ。
息子　ただよ、俺のことを莫迦息子、莫迦息子って言うからよ、売り言葉に買い言葉でよ、意地を張っちまったってわけなんだ。
父親　……そうか、そいつは悪かった。俺だって、何もお前に戯作者になるなって言ってるわけじゃねえんだ。やるなら、死ぬ気でやれ、覚悟してやれって、そう言いてえんだ。俺だって分かってるぜ。人を楽しませて、夢を見させる戯作者ってのも、いい仕事じゃねえか。お前みてえなとうへんぼくでも、鶴屋南北《つるやなんぼく》みてえになってみやがれ!

息子　ああ、なってみせるぜ! いつか親父を超えてやらあ!

父親　望むところよ、超えてみやがれ!

――親父と息子、再び丼を手に、おから飯を食べ始める――

女将　ふふふ、めでたく仲直り。そう、親子の縁なんて、簡単に切れるものではありませんよ。……ねえ、おからって、きらずとも言うんです。おから飯とは、きらず飯。きらず飯とは、きらずのまんま。ねえ、お二人。親子の縁も、御飯も、きらずのまんまがよろしいようで。

耕平は拍手を浴びて、舞台を下がった。初高座は成功だった。
「よかったですよ、朝寝さん!」
裏で仲間に声を掛けられ、耕平は「どうも」と頭を掻いた。へらへらしながら楽屋へと戻り、襖を閉め、耕平は急に真顔になって崩れ落ちた。

「どうして、どうして……」

耕平は肩を震わせた。

今日の巳《み》の刻、父親の耕七が亡くなっていたのだ。仕事中に、屋根から足を滑らせて。

耕平は、父親の死を突き付けられてなお、親子喧嘩をお題とした噺をしたのであった。面白おかしく、大袈裟《おおげさ》な身振り手振りで。

「どうして、どうして、死んじまったんだよお。俺の初高座、聴かせたかったのに。どうして、どうして……」

耕平は男泣きをした。

六

初高座を務め、葬儀も終えた耕平を、お園はねぎらった。

「『雲に乗れそうだなあ』って親父が言った時、なんだか胸騒ぎがしたんですよ。どこかに行ってしまうんじゃないかなあ、って」

そう言う耕平はしょんぼりとしている。連太郎も寂しそうで、勘助もうつむいていた。

春の彼岸《ひがん》も過ぎ、寒さも徐々に薄れてきてはいるが、まだ冷え込む夜もある。お園は、耕平に鍋を出した。

真っ白な鍋に、耕平は目を見張った。たっぷりと掛かった大根おろしは、雲のようにも見える。その雲の上には、薄く切った鱈が載っていた。

「お父様、鱈を食べたいって仰ってましたものね」

雲のようにも見える大根おろしの上に載っている鱈は清廉《せいれん》として、天上を思わせる。お園は優しい眼差しで、耕平を見つめていた。

「お父様、雲の上から、耕平さんのこと見守ってらっしゃいますよ、必ず」

「俺が活躍するところ、見せてやりたかったなあ」

そう言いながら、耕平は鍋をゆっくりと箸で掻き回し始めた。お園は返した。

「私だって、親はもういません。でもね、天上で見てくれているって、信じているの。だから頑張れるんですよ」

「そうか……。俺だけじゃねえんだよな、親がいねえのは」

「この世にいても、あの世にいても、親子の縁は切れないまま。きらずのまんま、でしょう?」

お園の言葉に、耕平は大きく頷いた。二人の話を、連太郎はじっと聞いている。

鍋を掻き混ぜるうちに、大根おろしが溶けていく。すると、すっぽんが現れた。

「これは……すっぽん？」

「そう、すっぽんです」

お園は耕平を励ますような優しい笑みを浮かべて、言った。

「すっぽんってね、食いついたら離さないんですって」

耕平はお園を見つめ、そして鍋にもう一度目を移し、思った。

――食いついたら離さない、か。俺も、念願だったことを、もう決して離してはいけねえんだ。何があっても、食らいついていかないと。……それを、親父も望んでいるかもしれない。そうだ、それが一番の親孝行だ――

耕平は、初高座の知らせを伝えた時の、父親の真に嬉しそうな笑顔を思い出していた。

耕平は意を決したように、鍋に食らいついた。

鱈も上品な味わいで美味しいが、すっぽんはまた独得な味わいだ。嚙み締め、呑み込むと、全身に力が漲《みなぎ》り、額に汗が滲んでくる。

耕平は言った。

「鱈も確かに旨いけれど……俺には清らか過ぎるな、この味は。俺はまだすっぽんでいいや。泥の中にいる、すっぽんで。この世で、闘っていかなきゃいけねえんだもんな」

「そうですよ。その意気です。これからお父様のぶんまで、頑張ってくださらないと」

「女将さんのおかげで、なんだか力が湧いてきたな。これからもっと、食らいついていけそうだ」

耕平は汁を飲み干し、しみじみ呟いた。

「女将さんの料理は、あったけえなあ」

お園は微笑んだ。

「私もね、食いついたら離さないんです。まな板にしがみついて、やってきました」

お園は鱈とすっぽんを、連太郎と勘助にも出した。白胡麻を混ぜた酢醤油も添えて。

鱈を酢醤油につけて味わいながら、連太郎がぽつりと言った。

「とっても美味しい。おじさんにも食べてもらいたかったです」

耕平は連太郎のあどけなさの残る横顔を見つめ、「ありがとう」と頭を撫でた。連太郎は耕平を見つめ返した。

「おじさんに今度会ったら、私も『ありがとうございました』と言いたかったんです。でも、叶《かな》わず、心残りです」

「どうして親父に礼を言いたかったんだい？」

「はい。……おじさんが捨て子だったというお話を聞いた時、心が揺れたのです。おじさんの言い方は優しかったけれど、なんだか怒られたような気がしたんです。なんというか……甘えるな、って言われたように思いました」

お園も勘助も、連太郎を見つめていた。耕平が苦笑いしつつ、返した。

「親父は昔の男だから、説教じみちゃうんだよ。十歳なら、本当のお母さんが恋しくて当たり前だ。それに生まれてすぐに捨てられた親父と違って、六つまでは御両親と一緒に暮らしてたんだものな。実の親の記憶が多いぶん、そりゃ思い出してしまうだろう。親父が言ったことは気にするな」

耕平に再び頭を撫でられ、連太郎は頷きながらも、続けた。

「でも、おじさんに言われた後、考えたんです。江戸に来てすぐの頃、大食い大会を見に行ったのですが、粗末な形《なり》で羨ましそうに見ている子たちや、『お腹が空いた』って泣いてる子がいました。私は生まれてこのかた食べ物に困ったことはありません。それだけでも、とても恵まれているように思いました。やはり義父母にも大切にしてもらっているのだと、気づいたのです。それは、おじさんがお話ししてくれたおかげです。だから、御礼を言いたかったのです」

皆、連太郎を見つめている。耕平は連太郎の小さな肩を抱き締めた。

「坊ちゃんの今の言葉を聞いて、親父、天上で涙してるぜ、きっと。坊ちゃん、俺よりずっと大人じゃねえか。俺も頑張らないとな」

連太郎は照れくさそうに笑った。そんな連太郎を、勘助も目を細めて見ている。お園は思った。

——連太郎さんの成長が、勘助さんも嬉しいのでしょう。……子供って、少しの間で、どんどん育っていくのね——

お園にも、連太郎が眩しく見えた。耕平が訊ねた。

「坊ちゃんの義父さんは優しいみたいだな」

「はい、とても優しいです。……実の父は厳しいところもありましたが。でも、おじさんと同じで、息子である私を思ってのことだったのでしょう」

「そうだよな……親って、そんなもんだよな」

「今の義父母は、私に遠慮しているような気がするのです。だからあまり厳しく言えないのでしょう」

勘助が口を挟んだ。

「だから坊ちゃん、我儘《わがまま》になってしまうんですよ」

連太郎がお園をちらと見た。お園は微笑んだ。

「そうよね。我儘言って、江戸へ出て来たのだものね。実のお母さんに会いたいという一途な思いで」

連太郎は頷き、うつむいた。耕平が言った。

「こんな小さな子でも寂しさに耐えているんだもんな。俺もしっかりしなくちゃな」

連太郎は顔を上げ、大きく瞬きをした。

「実は、おじさんが鱈を食べたいと仰った意味も、考えてみたんです。鱈って真っ白で、味にしろ見てくれにしろ、確かに天上を思わせます。でも清らかゆえに、厳しさも感じさせます。おじさんはきっと、好きなことで身を立てるのは甘いものではないから、命を懸けるつもりでやれと、仰りたかったのではないでしょうか。そして、俺は倅のお前を応援している、と。だから、今度一緒に鱈を食べたいと、帰り際に仰ったのだと思います」

耕平は目を潤ませ、堪えきれなくなったように涙をこぼした。連太郎の頭を撫でる耕平を、お園も勘助も慈悲深い目で見つめていた。

お園は思った。

――いなくなってしまうほうだって、やむにやまれぬことだってあるのよね。相手のことを思っていたとしても、何かに急に巻き込まれてしまったり……。大切な人が急にいなくなってしまったら残された者はそれは寂しいけれど、その人に今まで与えてもらったものを大事にしつつ、その人のぶんまで歩んでいかねばならないのよね――

不意に清次の面影が蘇ったが、お園の心は以前のようには揺れ動かなかった。それはきっと、お園がしっかり自分の道を歩んでいるからだろう。

連太郎が床に就いた後、お園は耕平に訊ねた。

「高座を拝見して、気に掛かったことがあったのですが、芸者さんのことに少し触れていましたよね。お詳しいんですか？」

「いや、それほどでもないですよ。貧乏ですからね、芸者遊びなど無理、無理。まあ、ごくたまにですが、師匠が料理屋に連れて行ってくれた時、芸者さんを呼んでくれることもありますが」

「申し訳ありません……。黙っておりましたが、竹仙さんから朝酒師匠が花街にお詳しいことは前もってお伺いしていたのです。それで、お弟子さんの耕平さんに教えていただきたいことがございまして……」

「はい、どのようなことでしょう。私が知っていることなら、なんなりと」

「朝酒師匠が耕平さんと御一緒に、芸者さんの絵島の踊りを御覧になったと仰ってたそうですが、その芸者さんがどこの人か覚えていらっしゃいますか？　深川？　吉原？　それとも町芸者ですか？」

「いや、深川とか吉原ではなかったな。確か町芸者だったと思います。……で、その芸者さん、何かあるんでしょうか」

「いえ、ちょっと人捜しをしていまして」

お園は言葉を濁《にご》し、勘助をちらと見た。

勘助は暫し考え、正直に話した。

「坊ちゃんには是非内緒にしていただきたいのですが、あの子の母親は、どうやら江戸で花街にいる可能性があるのです」

「ええ、そうなのですか？　では、もしかしたら、その踊りを踊る芸者さんかもしれないと？」

「はい。だから、是非、お話を聞かせていただきたいのです」

「それは御協力させていただきますよ。もちろん坊ちゃんには内緒にいたします。誓って」

耕平は約束した。お園が訊ねた。

「あの、その絵島の踊りって、唄がついていましたか？」

「ええ、ついていましたよ。どこかに流された絵島の想いが、四季折々に込められていて、切ない感じでしたね」

「四季ですか？　春や夏だけでなく、冬もありましたか？」

「はい。雪がどうのとか唄ってましたね。ちょうどその踊りを見たのが冬の今頃でしたので、印象に残ったんですよ。その芸者さんが色白で雪のような雰囲気だったので、それも相俟って」

勘助は身を乗り出した。

「その唄って、こうではありませんでしたか？〈里に降る雪　想い積もらせ　さやに瞬く　真《しん》の星〉」

「ああ、そうです！　そのような唄でした。その芸者さん、その唄のところを踊っている時、たまらなく切なそうで、その様子がまた魅力的でね」

勘助は真剣な面持ちで、耕平に頭を下げた。

「もし、その芸者さんのことが何かお分かりになりましたら、是非、御一報ください。お願い申し上げます」

「分かりました。場所などは私もはっきりと覚えていないのですが、噺の種にも日記をつけておりますので、それを遡って見れば何処か分かるかとも思います。そのようなことは、必ずつけているはずですから。また御報告に参ります」

二人は耕平に深々と頭を下げた。

耕平が帰った後、勘助はお園に言った。

「先ほどの絵島の冬の唄は、千鶴様がお作りになったものなのです」

高遠藩に伝わる絵島の踊りというのは、もともと盆踊りで、それから創作して踊り継がれていたという。五つの歌詞がついており、それぞれこのようなものだ。

〽絵島ゆえにこそ　門に立ち暮らす
見せてたもれよ　面影を
〽雁《かり》が渡るに　出て見よ絵島
今日は便りが　来はせぬか
〽花の絵島が　唐糸ならば
たぐりよせたや　この島へ
〽風もないのに　高遠の里の
花が散るぞえ　うば桜
〽恋のとが人　絵島の墓の
里に来て鳴け　秋の虫

勘助は続けた。

「いずれも絵島の想いを表していますが、千鶴様はこれらに雪景色を付け加えたのです。その詞には、御自分の想いをも重ね合わせていたのでしょう。〈里に降る雪　想い積もらせ　さやに瞬く　真の星〉。これは絵島の生島への離れてなおも寄せる想いとも受け取れますが、千鶴様の旦那様及び坊ちゃんへの想いでもあったのです。さやに瞬く……はっきりと瞬く、真の星、と唄っているのですから。真の星こそ、旦那様そして坊ちゃんでしょう」

「それほど想っていらしたのに、離れる決心をなさったなんて……お辛かったでしょうね、身を切られるほどに」

お園は子供を産んだことはないが、自分のお腹を痛めて産んだ子と別れなければならない哀しみは、身に沁みて分かるような気がした。

話の内容から、耕平が会ったことがあるという芸者は、恐らく千鶴で間違いないように思われた。

――でも。それほどの決意をして離れていった女《ひと》なら、今さら子供と簡単に会う気になどなるだろうか――

そんな不安も、お園の心を過《よぎ》った。

七

数日後、耕平が情報を持って来た。絵島の踊りを見せたのは、柳橋の芸者〝鶴《つる》乃《の》〟で、置屋の名前は〈東雲《しののめ》〉であった。

〝鶴乃〟という名を聞いて、お園と勘助は顔を見合わせた。千鶴でほぼ間違いないと思ったからだ。二人は、耕平に繰り返し礼を言った。

お園は勘助とともに、柳橋まで〝鶴乃〟という芸者に会いに行った。〈東雲〉の女将に頭を下げ、話をさせてもらうことにした。

しかし……鶴乃は、千鶴ではなかった。愕然《がくぜん》とするお園と勘助に、鶴乃は言った。

「お捜しの方は、私が深川芸者をしていた時に同じ置屋にいらした、別の鶴乃さんだと思います。本当の名を千鶴さんと仰ってましたから。私が披露しております絵島の踊りは、その千鶴さんに教えていただいたのです。とても美しい方で憧れておりましたので、柳橋に移りました時に、厚かましくも源氏名も拝借させていただいたという訳です。……紛らわしいことをしてしまい、申し訳ありませんでした。落胆させてしまいましたこと、お詫《わ》び申し上げます」

鶴乃は頭を下げ、謝った。

「仕方ありません。こちらの勘違いでした」

お園はそう返し、訊ねた。

「では、千鶴さんが今どちらにいらっしゃるなどはご存じないのですか？」

「ええ、申し訳ありません。千鶴さんが身請けされてからは、よく存じ上げません」

「千鶴さんは江戸にいらしてすぐに深川芸者になられたのですか？」

「いえ、半年ほど料理屋さんにお勤《つと》めになっていらしたそうです。その時に、お得意のお客さんにそそのかされたようで、千鶴さん自身、三味線や踊りがお好きだったこともあって、花柳界へ入ってしまったようですよ。芸者ってやはり芸が出来なければ無理なので、稽古《けいこ》を積まなければお座敷に上がれないのです。でも千鶴さんは三味線も踊りも唄もお出来になったし、なによりも美貌を買われて、すぐにお座敷に上がるようになりました。千鶴さんはとても艶やかで、人気もありましたよ。芸者は合っていると思っておりましたので、あっさり嫁いでしまわれた時は意外でしたね。やはり、女としての幸せを求めていらしたのかな、って」

　お園と勘助は鶴乃に話を聞かせてもらった礼を言い、足取り重く帰った。勘助が低い声で言った。

「花街、料理屋、とにかく訪ね歩くしかありませんね。とにかく」

四品目　彩《いろど》り寿司《ずし》

一

如月も終わりに近づき、春の足音が微かに訪れている。

今宵も〈福寿〉は賑わい、お客たちはお園が作った早蕨《さわらび》とがんもどきの煮物に舌鼓を打っていた。早蕨を嚙み締めながら、八兵衛がぽつりと言った。

「連坊のお母さんは、まだ見つからねえみたいだな」

連太郎は二階でもう寝《やす》んでいる。お園は溜息をついた。

「勘助さんが必死で捜しているけれど、やはり江戸は広いのね」

「何があったか知らないけれど、あんな可愛い子のこと思い出さないのかしらね？　勝手に独りで江戸へ来て好きなことしているなんて、ずいぶん冷たいようにも思うけれど」

お波が口を尖らせる。八兵衛は「それ以上は言うな」と恋女房をやんわりと諭《さと》した。

「でも、あたしも、勝手な母親って思いますよ。父親が亡くなった時に六つだったら、心細かったでしょうよ。そんな時、母親だったら傍にいてあげるのが本当でしょう。……そんな母親でも慕い続けているなんて、子供ってのは一途なもんですね」

竹仙がお波の肩を持つ。すると文太がこんなことを言い出した。

「連坊のおっ母さんを捜しててさ、本所の踊りのお師匠さんと親しくなったんだ。踊りの繋がりで捜せねえかな、ってね。その人、お篠《しの》さんっていうんだけれど、娘さんのお咲《さき》ちゃんが可哀想なんだよね。片親で生まれつき病弱で、おとなしくて友達も出来ないみたいなんだ。お篠さんも娘さんのことが気掛かりみたいでさ。……いや、ごめん。今の話に関係ないかもしれねえけれど、ふと思い出しちまったんだ」

「関係なくはないわよ。母親と子供、色んな形があるってことね。そのお咲ちゃんって子は、お母さんはいるけれど、寂しい思いをしているのね」

お波はやるせなさそうに、酒をきゅっと吞んだ。

お篠は三十路で、娘のお咲は九つだという。お園は少し考え、提案した。

「……ねえ、文ちゃん。今度、そのお二人、ここへ連れてきてくれない？　もうすぐ雛《ひな》祭り。皆でお祝いしましょう。連太郎さんもきっと喜ぶわ」

文太が言うように踊りの師匠に話を聞きたくもあったが、その前にその親子のことが心に引っ掛かったのだ。

お園はお篠とお咲のことが気に掛かり、母娘が住む長屋を訪ねてみた。長屋は、両国橋を渡ってすぐの元町《もとまち》にあった。回向院《えこういん》の近くで、横には竪川《たてかわ》が流れている。

長屋に入り、お園は——おや？——と思った。路地がずいぶん綺麗だったからだ。

——お掃除が行き届いているのね。良い心掛けだわ。見習わなくっちゃ——

塵《ちり》一つ落ちていない路地を、お園は心地良く歩いた。路地が綺麗なせいか、長屋全体が清々しく見えるのだ。お篠たちが住む家は、その奥にあった。

中をそっと覗くと、小さな雛人形が飾ってあり、母親がお咲に問い質していた。

「どうして泣いているの？　お母さんに教えて？」

お咲の泣き声が聞こえてくる。お咲は母親の膝を摑み、お篠は項垂《うなだ》れていた。

お園はどうしようかと思ったが、声を掛けた。

「あの……お篠さんのお宅でしょうか」

お篠が出て来て、お園は丁寧に礼をした。

「文太さんから紹介していただいたのですが。日本橋で縄のれんをしております、園です」

「お話は伺っております」

お篠が答えた。娘が何も話してくれないのが心に刺さるのだろう、いくぶん憔悴《しょうすい》しているように見えた。

「雛祭りの日、お待ちしております。……その前に、お近づきのお印に、こんなものを持って参りました。もしよろしければ、お嬢さんとお召し上がりくださいね。はんぺんで作ったお団子です。温め直しても、美味しいですよ」

お園はそう言って、包みを渡した。

中を開けて、お篠は「まあ」と声を上げた。はんぺん団子とは、潰したはんぺんに、刻んだほうれん草と梅肉を混ぜ合わせ、それを団子に丸めて焼いたもの。その団子数個が、薄焼き卵でふんわり包まれていたのだ。

「綺麗なお料理……よろしいんですか、このようなものをいただいて」

お篠がお園を見つめる。なんだろうと思ったのか、お咲も出て来て、包みを覗き込んで目を瞬かせた。

お園は言った。

「もちろんです。お受け取りいただけましたらとても嬉しく思います」

「でも、お金、掛かってますすでしょう」

「いえいえ、お気遣いなく。たくさん作りましたので、残りは夜、お店でお客様にお出ししますから。……あら、あまりものをお品書きにするなんて、お客様に失礼かしら」

お園はそう言って、たおやかに笑った。

「ありがとうございます」と、お篠はお園に丁寧に礼を言い、「あの、お茶でも……」と続けた。しかしお園は返した。

「お気持ちは嬉しいのですが、お店がありますので、今日はこれでおいとまいたします。では、弥生《やよい》の三日に。……お咲ちゃん、必ず来てね」

お咲は頷いた。母娘と約束をして、お園は帰っていった。

その帰り道、お篠が慌てて追い掛けてきた。

「あの！　待ってください」

息を切らしているお篠に、お園は目を瞬かせた。

陽射しが徐々に弱まっていく刻、二人は堅川の流れを聞きながら、立ち話をした。

「文太さんからお聞きになったかもしれませんが、あの子のことで悩んでいるのです」

お篠はぽつぽつと語った。

「よくお手伝いもしてくれますし、いい子なんですよ。でも、時々元気がなくて、とても寂しそうな顔をしているのです。しくしく泣いていることもあって……。心配で、いくら訊ねても、訳を話してくれないのです」

お篠は一息ついて、続けた。

「私は訳があって、夫婦にはなれない男《ひと》の子供を産みました。それがお咲なのです。自分が決めたことを悔やんではおりませんが、お咲には悪いことをしてしまったと、今になって思っています。あの子、もしや片親といいますことに悩んでいるのではないかと……。そう考えると、辛くて」

お篠は目を伏せ、長い睫毛をそっと揺らす。

先ほどの、お咲が泣いている姿が蘇り、お園の胸も痛んだ。

「そうなのですか……。お辛いでしょうが、娘さんに無理に問い質すのは、良くはないかもしれませんね。もう少し、お静かに見守っていて差し上げたら如何でしょう。そのうち、自分から話してくれるかもしれませんよ」

お園の穏やかな口ぶりに、お篠も落ち着きを取り戻していく。

「申し訳ございません。初めてお会いした方に、このようなことまでお話ししてしまって。お園さん、なんだかお優しい雰囲気なので、つい……。ずっと悩んでおりましたので、どなたかに心の内を聞いてもらいたかったのです」

お園はお篠に、励ますように微笑み掛けた。

「私でよろしければ、いつでもお伺いしますよ。それに娘さん、可愛くお育ちになられていて、心配されることとないと思います。お手伝いもきちんと出来るなんて、いい子ではありませんか。今の様子は、子供の頃に見られる、心の揺れなのかもしれません」

「心の揺れ……ですか」

「ええ。そのような気がいたしました。私も子供の頃、そのような時期がありましたで。なんとなくですが、お咲ちゃんの気持ちが分かって。それゆえ、是非、桃の節句のお祝いをさせていただきたく思ったのです。皆で楽しい時を過ごせば、お咲ちゃんも元気になってくれるかもしれませんよ」

お園はにっこり微笑んだ。

お篠は「必ず参りますので、よろしくお願いいいたします」と、掠れる声で言い、お園に深く頭を下げた。

お篠は踊りの師匠というだけあって、所作の一つ一つがしっとりしており、艶やかである。

お園は、雪椿の如きお篠を見ながら、ふと思った。

――千鶴さんもこのような雰囲気なのではないかしら――


吉之進の寺子屋では、今日も桃太郎の劇をし、お話について語り合っている。今日のお題は、果たして桃太郎が鬼に対してしたことは善いことなのか、悪いことなのか。

「桃太郎は鬼たちの宝物を持ち帰って来たのだから、盗人《ぬすっと》なのではないか」

「でもその宝物というのも、もともとは鬼たちがほかから奪ってきたものだから、別によいのではないか」

「桃太郎は自分を育ててくれたお爺さんとお婆さんに恩を感じていて、ひたすら、その恩返しをしたかったのだと思う」

色々な意見が飛び交い、寺子屋は賑やかだ。元気な寺子たちを、吉之進は嬉しそうに見ている。

そこにお園の姿があった。

桃太郎の芝居の練習はもう終わっており、連太郎は残って論語を学んでいた。戸の隙間からこっそり覗いているお園に気づくと、連太郎が声を上げた。

「あ、女将さん！」

「ごめんなさい……お習いのところ。連太郎さんがどんなふうに学んでいるか、様子を見に来ちゃった。吉さんのお師匠様ぶりも見たかったし」

微笑むお園に、吉之進は声を掛けた。

「中に入って　ゆっくり見ればよい」

吉之進は戸を開け、お園を招き入れた。

——ふうん。ここで吉さんは暮らし、教えているというわけね——

お園は連太郎の少し後ろに座り、部屋を眺めた。

吉之進が此処に住むようになったのは昨年の神無月《かんなづき》の終わり頃で、何度か煮物などの差し入れを持って来たことはあるが、中に入って腰を下ろしたのは初めてで、お園は胸を高鳴らせた。

「今、とても興味深いことを習っていたのです」

連太郎が生き生きと話す。吉之進はお園にも論語の一節が書かれた半紙を渡した。それには、

《子貢問曰、
「有一言而可以終身行之者乎」。
子曰、
「其恕乎。己所不欲、勿施於人」。》

と書かれてあった。

「連太郎。女将……いや、ここではお園さんだな。お園さんに、この意味を教えてさしあげなさい」

連太郎は嬉しそうに「はい」と返事をし、お園に説明した。

「子貢《しこう》問ひて曰《いわ》く、『一言《いちげん》にして以《もつ》て終身之を行ふ可《べ》き者有りや』。子曰《し》く、『其《そ》れ恕《じょ》か。己の欲せざる所は、人に施すこと勿《なか》れ』。子貢が訊ねて言った、『ひとことで、一生行ってゆくに値する言葉がありましょうか』と。先生は言った、『それはまず恕である。自分がされたくないことは、人にしてはならないということだ』と。……そういった意味です。自分がされたくないことは、人にしてはならず。恕の思いやりの心が、人生において最も大切なことと、孔子様は仰ったので

す」

「なるほど。それは良いお言葉ね」

連太郎のはきはきした説明に感心し、お園は大きく頷いた。吉之進は「よく理解している」と連太郎を褒め、続けた。

「孔子は繰り返し〝仁〟の徳を説いていたが、ここではっきり〝恕〟が大切であると説いているのだ。恕、すなわち思いやりの心であり、それを最も適切な言葉で喩えたのが、《己所不欲、勿施於人》であったのだろう。実を言えば、私も家を勝手に飛び出したり、親に迷惑を掛けたりしたが、恕のこの教えだけはいつも心に留めていたような気がする」

「お師匠様も御両親に逆らったりなさったのですか？」

連太郎が目を見開く。吉之進は苦笑した。

「ああ、その通りだ。でもこんな私でもどうにか楽しい日々を送れているのは、このような心掛けを持っているからかもしれない。自分がしてほしくないことは、人にしてはならない。《己所不欲、勿施於人》。さあ、繰り返して」

「己所不欲、勿施於人」

連太郎と一緒に、お園も繰り返す。

──昔に戻ったみたい。背筋が伸びるようだわ──

お園は、吉之進の教えを楽しんでいた。すると連太郎がこんなことを言った。

「でも不思議ですね。思いやりの意味を持つ〝恕〟という字は、まったく違う意味を持つ〝怒〟という字に似ています」

吉之進とお園は顔を見合わせた。

「なるほど、確かにそうだ。いいところに気づいたな」

吉之進は笑みを浮かべ、お園は半紙に書かれた恕の字をじっくり眺めた。

「ほんと、面白いわね。〝女〟の隣に〝口〟を書いて、下に〝心〟がつけば、恕。〝女〟の隣に〝又〟を書いて、下に〝心〟がつけば、怒。とても似ているけれど、その意味は正反対に等しいなんて」

少し考え、吉之進が答えた。

「怒についている〝又〟は、手を象《かたど》っているんだ。それゆえ、私はこう思う。手を出すのが、怒ということ。恕についている〝口〟は、もちろん口を象っていて、それには祈るという意味もある。柔らかな言葉を口に出すのが、思いやる、すなわち恕ということだ。暴と、知の違いだな」

「なるほど……」

連太郎は感心して聞いている。

「手を出して相手を負かしても、何もいい思いなど残らぬ。怒りの果ては、虚《むな》しいものだ」

吉之進のその言葉は、自分に言い聞かせるかのようであった。

「〝恕〟と〝怒〟。字面だけでなく、この二つの感情は、まったく違っていながら実は似ているのではなかろうか。どちらも、心の奥から込み上げてくるものだ。どんな激しい怒りでも、それが収まり、何かを超えた時に、静かで美しい恕の感情が溢れてくるのかもしれない。……つまり。己に負けている時、怒の感情が湧き起こり、己に勝った時に、恕の感情が湧き起こってくるのではなかろうか。表裏、一体なのだ」

「そうか、己に勝つか、負けるか。己に勝つことが、超えるということなのですね」

連太郎が昂《たかぶ》った声を上げた。

「うむ。そうであろう。連太郎の鋭い指摘のおかげで、私も色々考えることが出来た。礼を言うぞ」

吉之進が連太郎に笑みを掛ける。連太郎も嬉しそうに頬を紅潮させている。

「もう一つ気になりましたのは、恕、怒、ともに〝女〟がついているということです。これはどういう意味があるのでしょう？」

「うむ、それはやはり、女人のほうが感情が表に出やすいということではないかな」

男二人が、お園を見る。お園はくすくすと笑った。

「まあ、確かにそれはありますね。もちろん、怒より恕の感情を抱いていたいですが。……お話、とても為になりました。今日、こちらへ来てよかったです。でもね、私、お話をお伺いしていて、お餅を思い出してしまったんです」

「なに、餅を？」

吉之進と連太郎が声を合わせた。

「ええ。お餅が焼ける時って、網の上で揺れ動いて、ぷうっと膨れ上がりますでしょ。あれは怒っているようにも見えます。で、そのお餅をお皿に取って、お醤油をつけて海苔《のり》で巻く頃には、すっかり静まっている。それを頬張れば、外はさくっ、中はとろりの至福のお味。まるで恕に転じたみたいな、まろやかさ。そう思ったら、なんだかおかしくて」

「ほう、それは面白いな。怒から恕への心の動きを餅に喩えるなど、いかにも女将らしい」

「せっかくのお教えをお餅に喩えるなんて、不謹慎ですね。お許しください」

お園は手をつき、頭を下げる。

「いや、お園さんも鋭い。鋭い人たちのおかげで頭を使ったせいか、なんだか腹が減って餅が食いたくなってしまった」

「はい、私も食べたくなりました」

お園は二人に微笑んだ。

「じゃあ、お習いはこれぐらいにして、私のお店に参りましょうか。磯辺餅、お作りしますよ」

「やった！」

連太郎が無邪気な声を上げ、吉之進も笑顔で頷いた。

三人は連れ立って、お園の店へ向かった。連太郎は吉之進とお園に挟まれて、とても嬉しそうだ。

思案橋の近くに立っている木を眺め、お園が言った。

「この桜が咲くと、とっても綺麗なのよ。もう、そろそろね」

「楽しみですね」

連太郎も見上げる。陽の光を浴びたその顔は、きらきらと輝いていた。

二

梅の時季も過ぎ、桃の花が見頃を迎えている。梅の花がおぼこ娘とするなら、桃の花は白粉《おしろい》をつけ始めた娘のようにも思える。穏やかな陽射しの中、お園は猪牙舟で日本橋川から大川へと出て、両国へ向かった。

大食い大会で知り合ったお初に頼まれ、両国の小屋へ弁当三十人分を届けるためだ。その量の弁当だと、無理して持って歩くよりは舟で向かうほうがいい。早くから起きて弁当を作ったお園は少々疲れていたが、川から眺める景色が癒してくれた。陽射しを浴びて煌めく川面に、都鳥《ゆりかもめ》が浮かんでいる。真っ白で、くちばしの赤いこの鳥は、見ているだけでみずみずしい気分になる。時折、魚が飛び跳ね、小さな飛沫《しぶき》が上がった。

緑が繁る川縁《かわべり》では、子供たちが遊んでいたり、大人たちが釣りをしている。突き抜けるような晴天には、春の到来を告げる綿雲が浮かんでいた。

永久橋《えいきゅうばし》をくぐり、長さ百十六間の新大橋《しんおおはし》をくぐり、お園は両国橋のあたりで下りた。お初が女力士として出ている小屋へ弁当を届けると、意外な人物に会った。

今昔亭朝寝つまりは耕平が、出番前のお初と親しげに話をしていたのだ。

「お二人、お知り合いだったの？」

目を丸くするお園に、耕平が照れくさそうに言った。

「ええ、時たま呑みにいったりする仲だったんです。こいつ、見た目は大きいけれど、中身は細やかっていうか、案外優しいんですよ。親父を亡くしてしょげていた俺を励ましてくれてね。一緒に泣いてくれたんです」

お初は頬を染め、うつむいている。

——なるほど。これはただの知り合いというわけではなさそうね——

お園はそう思い、二人に微笑んだ。

「お初さん、大食い大会の時も一緒に五平餅を作ってお手伝いしてくださったものね。あの時は本当にありがとうございました」

「いえ、少しでもお役に立ててよかったです」

お初は目白《めじろ》の啼き声のような、愛らしい声をしている。

「こんなに素敵なお友達がいらっしゃるなら、安心だわ。お初さん、朝寝さんをお願いしましたよ」

「女将さんに言われると、なんか恥ずかしいなあ」

耕平が頭を掻き、お初もふっくらとした白い手で顔を覆った。

まだ時間があるので、その帰り、お園は本所の元町まで足を延ばした。お咲のことが、気掛かりだったからだ。

――八つ半（午後三時）を過ぎているから、寺子屋から帰ってるわね――

元町は表通りを向両国、東両国と呼び、裏の回向院側を土手側と呼ぶ。お咲が住む長屋は土手側にある。長屋が近づいてくると、子供たちの騒々しい声が聞こえてきた。

――遊んでいるのかしら――

お園は思ったが、叫び声のようなものまでして、穏やかではないようだった。

「やめて」

「うるさい！　父《てて》なし子！」

「そうよ。あんたなんてちっとも可愛くないのに、なによ簪なんか挿して。生意気に」

「すぐに風邪引くし、何やってもとろいじゃない。お父さんがいないと、あんたみたいにだらしない子になるのね」

「みんな、お前のこと莫迦って言ってるぞ」

長屋の傍の空き地で、男子一人と女子二人がお咲を取り囲んで、いじめていたのだ。お園が慌てて駆け寄ろうとすると、男の子が「何とか言えよ」とお咲を突き飛ばした。

お咲は地べたに尻餅をつき、しくしくと泣き始めた。

「あなたたち、なんてことをするの！　いい加減になさい！」

お園が怒鳴りつけると、いじめていた三人はたちまち逃げていった。

「お咲ちゃん、大丈夫？　怪我はない？」

お園はしゃがみ、お咲を抱き締めた。お咲は怪我はなかったようだが、心を傷つけられたからだろう、涙が止まらずしゃくりあげる。

お園はお咲が落ち着くまで、ずっと優しく抱いていた。お咲からは、春の野に咲く雪割草《ゆきわりそう》のような清らかな香りがした。

治まってくると、お園は懐から懐紙を取り出し、お咲の涙と洟を拭いてあげた。

「可愛いお顔が台無しになっちゃうからね」

お咲は拭われながら、じっとお園を見つめる。

「はい、もう大丈夫。お咲ちゃんには笑顔が似合うわ」

お園はお咲の柔らかな頬を、指でそっと突いた。お咲は目を瞬かせ、「ありがとうございます」と小さな声で言った。お咲が立ち上がると、お園は着物についた汚れもすべて叩《はた》いて落としてあげた。

お園はお咲の手を引いて、長屋まで連れて行った。長屋の路地は今日も綺麗に掃除されていた。

「お母さん、いるの？」

お咲は首を振った。

「今日は用があると言っていたから……」

「まだ帰っていないのかしら」

すると井戸端にいたおかみさんが声を掛けてきた。

「お咲ちゃん、お帰り。あら、そちらはお客さん？」

「ええ、知り合いです。お篠さんはお出掛けですか？」

「大店のお嬢さんの稽古をつけに、京橋《きょうばし》まで行っているよ。家の中だけで教えているんじゃなくて、出張ってもいるからさ。だからそういう時は、私んとこでお咲ちゃんを預かっているんだよ」

「そうなのですか。じゃあ、安心だわ」

お園が微笑むと、お咲も微かな笑みを返した。おかみさんが言った。

「お咲ちゃん、うちの中にお煎餅があるからお食べ。今日のおやつだよ」

「はい」

お咲はお園をちらっと見る。お園はお咲の頭を撫でた。

「大丈夫ね。じゃあ、明後日、必ずお母さんと来てね。楽しみに待っているわ」

「はい。……ありがとうございます」

お咲の目は微かに潤んでいるように見える。お園はお咲と指切りをした。

お咲がおやつを食べに中に入ると、おかみさんがお園に言った。

「あの子、いい子なんだけれどねえ。悪ガキどもにいじめられているみたいで、可哀想なんだよねえ。泣きながら帰って来ることもあるんだよ」

「そうなんですか……」

お園まで胸が痛む。

「まあ、お知り合いなら、あの子のこと励ましてあげてよ。さっき何の約束してたの？　明後日どうとか言ってなかった？」

「ええ、明後日は雛祭りなので、うちでお祝いさせていただこうと思って」

「あら、それはいいね！　あの子、喜ぶよ。お祝いなんかしてもらったら、嬉しいよねえ」

お園は微笑んだ。

「こちらの長屋の皆さんはお咲ちゃんに親切にしてくださっているようで、安心しました。こちらはいつも綺麗ですよね。路地も掃除が行き届いているし。住人の方々の心掛けがよろしいのでしょう。感心しております」

するとおかみさんが「違うの！」とお園の肩を叩き、声を潜めた。

「ここの路地や長屋の周りを掃除しているのはね、実はお咲ちゃんなんだ」

「ええ？」

「あの子、毎朝、一人で黙々と掃除してるんだよ。いつか声を掛けたら、『綺麗なほうが、皆、気持ちがいいでしょう？』って答えてね。誰に褒められるとかまったく考えもせずに、ただ自分から掃除してるんだ。だからこの長屋が綺麗なのは、あの子のおかげなんだよ」

「……そうだったんですか」

お園は、お咲が入っていった、おかみさんの家のほうを見やった。お咲は静かに煎餅を食べているのだろう。ふと、雪割草が香ったように、感じた。

三

弥生三日。夕餉の刻、お篠とお咲が一緒に〈福寿〉を訪れた。母娘のために貸し切りにし、お園はもてなした。

色鮮やかな美しい雛祭りの料理に、お咲は目を見張った。

ら寿司、蛤《はまぐり》のお吸い物、菱餅《ひしもち》、ひなあられ。お園は桃の花を飾り、桃の花びが描かれた雪洞《ぼんぼり》も灯していた。

連太郎、吉之進、八兵衛夫婦も混ざって、お祝いだ。

「文ちゃんはあいにくお仕事で来られないそうだけれど、これは文ちゃんからお二人へ」

お園はそう言って、お篠に白酒、お咲に甘酒を出した。お咲は温かな甘酒を啜り、「美味しい……」と呟いた。

お咲は連太郎を意識して、もじもじとしている。そんなお咲が、大人たちは微笑ましかった。

雛祭りの食べ物には、それぞれ意味がある。この頃の菱餅は、現代とは違って二色であった。白と緑に桃色が入るようになったのは明治からだ。白には、子孫繁栄、長寿、純潔。緑には、健《すこ》やかな成長。そのような意味が込められている。

蛤などの二枚貝は、対《つい》の貝殻としか絶対に合わないことから、貞操の象徴とされており、よい伴侶に恵まれるという。お園はお吸い物に、花麩も入れた。

ばら寿司は、具材に意味がある。海老は「長生き」、蓮根は「見通しが利く」、いんげん豆は「健康でマメに働ける」と縁起が良い。ほか、緑の三つ葉、黄色い錦糸卵、赤いイクラなども飾って、色鮮やかだ。

お園は前菜として、人参と絹さやの白和《しらあ》え、干し柿を出した。人参が苦手だった連太郎も、お園の料理のおかげで、美味しく食べられるようになっていた。

美しい皿に盛られた、柔らかな色合いの料理を、お咲も嬉しそうに頬張る。干し柿を嚙み締め、八兵衛が言った。

「これ甘くて旨いなあ。女将は干し柿を作るのも上手だからな」

「渋柿で作ったと思えないでしょう？　渋柿を甘くて美味しい干し柿にするには、揉むことが大切なのよ」

お園は干し柿を手に、にっこりした。

「よく揉まないと、渋さが残ってしまって、食べられたものではないわ。今回も揉みが足りなくて、いくつか失敗しちゃったの。揉まれて揉まれて甘くなって、美味しくなる。人と一緒ね」

お園に見つめられ、お咲は大きな瞬きをする。お園は続けた。

「人が揉まれるっていうのはね……嫌なことがあって、辛い目に遭っても、それを乗り越えて強くなるってことなの」

連太郎が言った。

「いじめられても、それを乗り越えれば、強くなって甘くなるのですね」

「そう。甘くなるというのは、人の場合は、魅力的になるってことね」

お咲は、手に持った食べかけの干し柿をじっと見つめている。連太郎が言った。

「お咲ちゃん、私も同じだ。私は養子にいったから、貰い子だって陰口を叩く人もいるんだ。悲しかったこともあったけど、或る時、思ったんだ。そんなやつら、相手にすることないって。干し柿を食べてみて、渋い味がしたら、最後まで食べずに放り投げるだろ？　それと同じなんだよ。いじめるやつなんて、相手にするだけ無駄なんだ」

　皆、連太郎を見ている。お園は思わず胸が熱くなった。八兵衛が言った。

「お咲ちゃん、いじめるやつらがいたら、女将に頼んで、揉まれるのが足りなかった渋いまんまの干し柿を食べさせてやりな。干し柿の失敗作をよ」

「そうね、渋いまんまの干し柿で、いじめっ子たちを撃退しましょう」

　お園はお咲の小さな肩を抱く。笑いが起きて、和んだ。お園は言った。

「柿も蜜柑も、水菓子（果物）は美味しいわよね。美味しい水菓子を作るのに、お水は必要。でも雨が多かったり、水をあげ過ぎても、腐《な》ってしまったり、中身がすかすかの不味《まず》いものになってしまう。美味しい実が生るには、ちょうどよいお水が必要ということね」

　お咲は、お園の優しい笑顔を見つめる。お波が口を挟んだ。

「人もそうなのかもしれないわね。ちょうどよいお水が大切。優しさだけではなくて、時には叱ってくれるような厳しさも。甘やかされ過ぎでも駄目なのね。お水を無駄にもらい過ぎると、中身が空《から》っぽの、他人の気持ちが分からない、いじめっ子みたいになってしまうのよ」

　お園はお咲に微笑み掛けた。

「お咲ちゃんはちょうどよいお水を、お母さんからもらっているから、いつか必ず良い実を結ぶわ。あんなに素敵な雛人形を飾ってもらって、こんなに可愛い着物も着せてもらって。簪だって」

お咲は赤い唇を嚙み、小さく頷く。お篠はうつむき、肩を微かに震わせていた。お園は続けた。

「お咲ちゃんだって分かっていたんでしょう？　お母さんの真心に」

「……はい」

お咲はお園を見上げ、涙ぐみながら頷く。八兵衛が励ました。

「甘えてばかりで、人の水まで奪おうとするやつなんて、すかすかになって、いつか剪定《せんてい》されて、自《おの》ずと滅んじまうよ。水菓子もしかり、野菜もしかり、花もしかり、人間だって同じだ。お咲ちゃん、そんなやつらなんか相手にせずに、お母さん大切にして頑張るんだぜ」

「そうだよ。ともに頑張ろう、お咲ちゃん」

連太郎が言うと、お咲は頰を微かに紅潮させ、強く頷いた。お篠が頭を下げた。

「ありがとうございます。こんな見ず知らずの私たちのために、これほどのお心遣いを……」

お篠は恐縮しているようだ。お園が言った。

「私も小さい頃はおとなしくて、友達の輪の中に上手に入っていけなかったんです。だから、お咲ちゃんの気持ちがよく分かって。私はお店のお手伝いをするようになってから、少しずつ変わっていきましたけれど。家が蕎麦屋だったのです。『いらっしゃいませ』とか『ありがとうございました』とか、大きな声で挨拶しなくてはならなかったので」

お咲は心を許したように、お園に寄り添っている。お園はばら寿司を皿によそって、お咲に渡した。

お咲は美しい寿司に暫く見とれていたが、夢中で頬張り始めた。人見知りするお咲も、励まされ、元気が出て来たようだ。お園たちと一緒に食べることが嬉しいのだろう。お篠も嬉しそうだった。

「いつもはこんなに食べないんですよ、この子。よほど美味しいのね」

「たくさん食べて元気になろうね、お咲ちゃん」

「この綺麗な料理、お咲ちゃんのために、みんなで張りきって作ったんだよ」

連太郎が言う。雪洞の明かりに照らされて、寿司はいっそう彩り豊かに見えた。

「ばら寿司は、みんなで材料を持ち寄って、作ったんですよ。海老は八兵衛さん、イクラはお波さん、いんげん豆は連太郎さん、蓮根は吉さん、錦糸卵と三つ葉は私。みんなの思いが込められているんです」

皆、笑顔でお篠とお咲親子を見つめている。皆の思いに胸が熱くなったのであろう、お篠は声を微かに震わせた。

「こんなおもてなしをしてくださって、本当にありがとうございます。なんだか申し訳なくて……」

「ありがとうございます」

お咲も可愛い声で御礼を言う。

この、ばら寿司の材料を皆で持ち寄る、というのは、連太郎の案だった。お園が「ばら寿司には、あれとあれと、ほかに何を用意しよう」と考えていると、連太郎が言ったのだ。

「吉のお師匠様や、八兵衛のお爺さんにも手伝ってもらいませんか？　雛祭りに来る人、一人が一つずつ、持ち寄るんです。そうすれば女将さんも楽でしょう？」、と。

連太郎の率直な考えに、お園は目を瞬かせた。連太郎の素直な言葉に、お園は教えられることも多々あったのだ。

――困った時は人に頼ってもいいのよね。自分だけで抱え込まずに――

お園はそう思い「それもそうね」と、連太郎の頭を撫でた。そしてお園は皆に頼み、皆、快く引き受けてくれたのだった。

お園は言った。

「お母さんが好きだから大丈夫といっても、それは他人に頼らないことじゃないのよ。一人で大丈夫なのと、素直に人に甘えることは違うの」

「そんなことを思っていたの？」

お篠が驚いて、お咲に問う。お咲は黙ったまま、うつむいている。

「お咲ちゃんは、お母さんを心配させたくなくて、話さなかったのよね。話さない優しさや思いやりがあることをおばさんも知って、お咲ちゃんのこと偉いなあって思ったの。でもね、無理をしては駄目。ね、これからは素直に人に頼りなさい」

お園の言葉に、お咲が頷く。お篠は思わず娘を抱き締めた。

「美人ってのは、姿形だけじゃなく、心持ちだからな。人をいじめたり、意地悪するようなやつは、姿はどうであれ醜《みにく》い人間ってことだ。お咲ちゃんは、本物の美人さんになるんだぜ」

八兵衛の言葉に、お咲は目を瞬かせ、こくりと頷いた。八兵衛も頷き返し、続けた。

「人に意地悪するやつは、いつか自分が誰かに同じことをされるんだ。そんなことせずに徳を積めば、それがすぐではなくても、いつか必ず自分に返ってくる。そんなふうに出来ているんだよ、この世ってのはな」

「徳を……積む……？」

お咲には、まだ意味が分からぬようだった。お園はそんなお咲を慈《いつく》しみ深い目で見つめる。

「ちょっと待っててね」

お園はそう言って立ち上がり、板場へと行った。そして鍋と七輪、小豆《あずき》を持って、戻ってきた。

「お咲ちゃん、よく見ていて」

お園は鍋を火に掛け、小豆を一粒一粒入れていく。水が煮立ち、赤く染まっていく。この赤い汁が、お赤飯の色へと繫がるのだ。白い御飯から、お赤飯というハレの食べ物へ。小豆が増えるごとに、湯が赤みを増してゆく。徳が小豆で、それを積むことによって、赤くなるということだろう。

お咲は納得したように、頰を少し紅潮させ、お園を見上げて頷いた。八兵衛が言った。

「お赤飯を作るところが見られてよかったな。よく覚えて、お母さんに作ってあげな」

「はい」

お咲は素直に返事をした。お園が微笑んだ。

「お咲ちゃんも、徳を積んでいたのよ」

「え？」

「やっぱり自分では気づいていなかったのね。……お咲ちゃん、毎朝長屋の周りや路地を進んでお掃除していたでしょう」

「ええ……誰もする人がいないから。それに、綺麗なほうがいいと思って」

「お咲ちゃんの徳を、長屋の人たちはちゃんと見ていたの。ほら、お隣の、おかみさん。おかみさんが私に教えてくれてね、ここにいる皆もお咲ちゃんの行いに感心して、それがばら寿司に繫がったのよ」

お咲は目を瞬かせる。吉之進が言った。

「人に知られずに、意識せずに行う徳こそ、陰徳。本当の徳なんだよ。一人で耐えることは、別だ。でも、神様はちゃんと見ているんだ」

「はい」

お咲は頷き、小豆が煮立つ鍋と、ばら寿司を交互に見る。

「赤飯とばら寿司なんて、豪華じゃねえか。お咲ちゃんの徳のおかげで、俺たちも御馳走にありつけるって訳だ。ありがとな、お咲ちゃん」

八兵衛が言うと、穏やかな笑いが起きた。そして皆口々に「お咲ちゃん、ありがとう」と言った。お咲は照れくさそうにうつむき、目を潤ませた。そんなお咲に、お波も目を細める。

「お咲ちゃん、おしとやかで本当に可愛いわね。お母さんによく似てる。お咲ちゃんが笑顔だと、お母さんも嬉しいね」

お咲はお波に「はい」と可愛い返事をし、母親を見て微笑んだ。お篠は泣き笑いのような顔で、娘の頭を撫でた。二人を見ながら、連太郎が口にした。

「お咲ちゃんは、母上がいて、いいですね」

皆、連太郎を見る。連太郎は続けた。

「私は江戸に母上を捜しに来たんです。でも、なかなか見つかりません。だから、お咲ちゃんが羨ましいです」

お咲はうつむき、少し考え、返した。

「でも……必ず、見つかると思います。連太郎さんも、善いことをなさってるので」

「してますか？」

「……私を励ましてくれます。とても、嬉しいです」

お園がお咲の頭を撫でると、吉之進が「もてやがって」と連太郎の肩を叩いた。和やかな笑いが起きた。

連太郎が、折り紙で作った男雛と女雛を、お咲に渡した。昨夜、お園に習い、頑張って作ったのだった。

「ありがとう」とお咲は頬を染めて喜んだ。

連太郎は言った。

「女雛はお咲ちゃんだね。男雛はいつかお咲ちゃんの旦那さんになる人だ」

すると八兵衛がからかった。

「お。もしかしたら、お前さんじゃないのかい」

連太郎もお咲も、真っ赤になった。店が笑いで包まれた。

帰り際、「これ、よろしかったら」と、お園はひなあられと菱餅を包み、お篠に渡した。その二つは余分に作っておいたのだ。お篠は丁重に礼を述べ、「飾らせていただきます」と包みを大切に抱えた。

お咲はたくさん食べ、笑い、とても晴れやかな顔をしていた。

「いつでも遊びにいらっしゃい」とお園が言うと、お咲ははっきりと「はい」と答えた。

お篠とお咲は深々と頭を下げ、提灯を手に、一緒に帰っていった。


その夜、連太郎は寝床の中で考えた。

――親子って、互いに思っているんだな。ただ、その思い方が、人それぞれなんだ。でも、伝えなければいけないし、分かってあげなければいけないこともある。お互い、大切にしなければ。大切にするって、相手を思いやることだよな。相手の気持ちを理解するということだ――

寝苦しくなって、連太郎は起き上がり、障子窓をそっと開いた。心地良い夜風が入ってきて、大きく深呼吸した。弥生の空に、朧月《おぼろづき》が浮かんでいる。川の流れる音が、微かに聞こえた。

不意に涙が出そうになり、連太郎は唇を嚙んで堪えた。朧月が、いっそぼんやりと見えた。

四

翌日、お篠が〈福寿〉を再び訪れた。雛祭りの御礼を改めて言いに来たのだった。

「これ……女将さんにお渡ししますにはお粗末過ぎてお恥ずかしいのですが、もしよろしければ連太郎さんと御一緒に召し上がってください」

そう言ってお篠は、お園に包みを差し出した。かんぴょう、梅肉、お新香の、三種類の海苔巻きだった。

「まあ、ありがとうございます！　あの子も喜びます」

お園は御礼を言いつつ、早速かんぴょう巻きを一つ摘んで、頰張る。

「うん、美味しい！　海苔巻き、大好きなんです、私」

お園の笑顔を見て、お篠もほっとしたようだった。

お園が出してくれたお茶を飲みつつ、お篠が口にした。

「ちょっと気になったのですが、連太郎さん、お母さんを捜しに江戸へいらしたと仰ってましたね」

「ええ。なかなか見つからなくて困っているのです。……あ、そうだ」

お咲のことが落ち着いたので、お園はお篠に千鶴のことを訊いてみた。人相書も見せた。その人相書をじっと眺め、お篠はぽつりと言った。

「私……この方、お見掛けしたことあります」

——やっぱり……。人目を引く美しさの千鶴さんは、知られた方なのだわ——

お園は身を乗り出した。

「詳しくお聞かせいただけますか」

「間違いないと思います。たぶん……あの方」

「どちらで御覧になったのでしょうか?」

「ええ……。昨年の師走でした。私も実は数年前まで芸者をしていたんですよ。それで旦那衆に色々知り合いがおりまして、今でも料亭などに呼ばれて、お座敷で踊りを披露することもあるのです。その日も六本木《ろっぽんぎ》の料亭に呼ばれまして、ちょっとはばかりに立った時に、廊下で揉め事に出くわしたのです。芸者さん同士で喧嘩になっていたんですよ」

「まあ」

「別の置屋の芸者さん同士、二つに分かれていがみ合いになっていたのです。廊下でぶつかったとか何か言いがかりをつけて。まあ、そんなのは稀《まれ》にあることなのですけれどね。あやうく摑み合いになりそうになった時、この方らしき女《ひと》が、すっと出ていらっしゃって、『私どもの仲間が、失礼いたしました』と頭をお下げになったのです。『お客様もいらっしゃることですし、今日のところはこれで一つ、御勘弁願えませんか。お互い、お客様あってではないですか。いがみ合ったりして、険悪な雰囲気のままお座敷に戻れば、必ずそれが伝わります。それはあまりにもお客様に失礼ではありませんか』と、凜《りん》として仰って。そうしたらその場が収まって、私、感心したのです。お美しい方で、とても印象に残りました。それで覚えていたのです。……その料亭といいますのは六本木の竜土町《りゅうどちょう》にございましたので、あの辺りの置屋を探ってみるとよろしいかもしれません」

お篠から情報を得て、お園は何度も御礼を言った。お篠が微笑んだ。

「やめてください。こちらこそ嬉しいです、少しでも女将さんのお役に立てましたようで。……あれほどのお心遣いをいただきましたのですから」

そしてお篠は付け加えた。

「もし私が申し上げた方が本当にお捜しの方でしたら、見つかりましたのも、女将さんが積まれた徳のおかげでしょう。……すみません、生意気なことを申し上げて」

お篠は「また娘とお伺いします」と言って、帰っていった。


お篠の話より、お園と勘助は、六本木に近い花街は赤坂ではないかと踏んだ。赤坂は少し離れているため、勘助もまだ探っていなかったのだ。

お園と勘助は赤坂へ赴き、人相書を手に、特徴ある絵島の踊りなどを訊ねつつ、町芸者を虱《しらみ》潰しにあたった。そして、ついに絞られてきた。

〈春雪屋《はるゆきや》〉という置屋の、〝鶴女《つるめ》〟という女が、どうも千鶴であるらしい、と。

置屋に押し掛けていって門前払いされてこじれるのは避けたいので、二人は〈春雪屋〉の近くに身を潜め、置屋に出入りする人たちを張ることにした。

黒衿《くろえり》の花菱模様の着物を纏った女が現れた時、勘助の顔が強張った。その女を食い入るように見ている。お園も目を凝らして見た。

――確かに、人相書の千鶴さんに似ているわ。でも、思ったより、やはり派手な雰囲気ね。寒椿に喩えられるというのは分かるような気がするわ。真紅の椿、ね――

お園は勘助に声を潜めて訊ねた。

「あの方が千鶴さんですか？」

「はい、確かに千鶴様です。信州にいた頃とはいくぶん変わったようですが、間違いありません」

勘助の声は震えている。千鶴は、お園が連太郎や勘助に話を聞いて抱いていた印象とは、少し異なっていた。

――やはり、江戸の水を吸ったからでしょうね――

千鶴は、優しい母親というよりは、垢抜けた美女であった。

少し経って、千鶴は幇間《ほうかん》などお付きの者たちを従えて置屋から出て来た。化粧もしっかりと施《ほどこ》し、潰し島田《しまだ》に鼈甲《べっこう》の簪を挿し、紅を差し色にした黒い着物を纏って、女も見とれてしまうような艶やかさだ。

勘助は声を掛けたくて堪らないのだろう、拳を握り締め、その衝動を懸命に抑えているようだ。

千鶴は座敷へと向かい、暫く帰ってこないだろうと判断し、二人は腹ごしらえでもしようと近くの蕎麦屋に入った。しかし勘助は喉に通らないようで、酒を少し呑んだだけだった。

お園は蕎麦をゆっくり食べながら、連太郎の無邪気な笑顔を思い出していた。唇を尖らせて拗《す》ねる仕草や、生意気なことを言って得意そうにしている顔つき、たまに見せる無性に寂しそうな表情、涙を堪えて目を潤ませている姿……。

すると、お園も胸が支えてきて、半分ほど蕎麦を残してしまった。

「そろそろ桜の時季ですね」

勘助がぽつりと言った。

「そうですね。信州の桜も綺麗なのではないですか」

「ええ、見事ですよ。でも咲き始めるのは、江戸のほうが早いでしょうね」

勘助は再び黙り、酒に口をつける。花冷えする夜だ。お園はそっと手を擦り合わせ、息をついた。


蕎麦屋を出て、二人は再び置屋の近くで張った。すると千鶴がお付きの者たちと戻ってきて、中に入っていった。

四半刻ほどで千鶴は出て来た。今度は一人で、着物も着替えていた。お園と勘助は少し離れて、こっそりと後を尾けた。

月は微かに照っているが、やはり暗い。気づかれぬよう、お園たちは提灯もつけずに後を追う。千鶴は提灯を持っていた。

お園と勘助は身を強張らせた。千鶴が振り返ったからだ。闇に紛れて、二人は息を殺す。千鶴の住処《すみか》を知りたいので、どうしても尾けたかった。千鶴は――気のせいか――というように再び前を向き、歩いていく。お園たちもまた密《ひそ》かに歩を進める。

少し歩き、千鶴は再び振り返った。そして提灯を掲げて、お園たちを恐る恐る眺めた。その時、勘助が大声を出した。

「千鶴様！　勘助です！　高遠でお世話になりました、勘助です。覚えていらっしゃいますか？」

動揺したのだろう、千鶴は提灯を落としそうになった。逃げようとする千鶴に、勘助は再び声を掛けた。

「待ってください！　連太郎坊ちゃんが千鶴様に一目会いたいと聞かなくて、一緒に江戸へ出て参りました。もちろん、鈴本家の許可を得てです。お願いです、千鶴様、どうか連太郎坊ちゃんに会ってやってくださいませんか」

息子の名前を聞き、千鶴は口を押さえて立ちすくんだ。勘助は千鶴の傍へと近づくと、道に跪《ひざまず》き、土下座をした。

「お願いです。どうか、話だけでも聞いてください。千鶴様にも色々な事情があると分かってはおります。でも、坊ちゃんは本当に千鶴様のことを……」

勘助の声が詰まる。お園は息を呑んで、二人を見ていた。千鶴は躊躇っているようだったが、頭を下げ続ける勘助にいたたまれなくなったのだろう、掠れる声を出した。

「分かりました。……お話をお伺いします」


千鶴は置屋のすぐ近くの、裏伝《うらでん》馬町《まちょう》の長屋に住んでいた。千鶴はお園と勘助を家に上げ、お茶を出した。

勘助は江戸へ来た経緯、連太郎の近況、お園との関わりについて、すべて千鶴に話した。

「連太郎坊ちゃんが、今、居候させてもらっているのが、こちらのお園さんのお家です」

勘助がお園をそう紹介すると、千鶴は「お世話になり、ありがとうございます」と深々と頭を下げた。

千鶴は艶やかにも見えるが、素顔は素朴なようにも思えた。贅沢《ぜいたく》な暮らしをしているようにも見えなかった。

お園は言った。

「連太郎さん、とっても素直で、よくお手伝いしてくれるんです。いい子にお育ちですね」

千鶴は頷き、うつむいた。少し黙っていたが、千鶴は声を絞り出した。

「お話は分かりました。でも、ごめんなさい。急なことで、今は何も……。もう少し考えさせてください。あの子に会う、心の整理がまだつかないのです」

お園と勘助は顔を見合わせた。無理強いすることは出来ないと、二人とも分かっていた。

「かしこまりました。考えておいてください。……私たちの気持ちをお伝え出来て、今日は有難かったです。突然現れてしまい、まことに申し訳ありませんでした」

勘助はそう言い、お園も一緒に丁寧に頭を下げた。

帰り道、勘助は言葉少なだった。久方ぶりに千鶴に会い、感無量であったのだろう。その心の揺れが伝わって来て、お園は勘助をただ見守っていた。

連太郎に会う約束を取り付けることは出来なかったが、それでも大きな収穫だった。

千鶴は旦那を持っている暮らしをしているようでもなく、勘助はその点についてはは安心した。

勘助はやはり千鶴が気に掛かって仕方がなく、密かに見守り続けた。千鶴が長屋を出て置屋へ行き、帰って来るまで、毎日そっと見張っていた。

そのうち勘助は、千鶴を狙っているような不審な男の影に気づいた。長屋へ帰る千鶴の後を、尾けていく男がいたのだ。その男は、千鶴が家の中に入った後も、物陰から様子を窺っていた。

――千鶴様にもしものことがあったら――

勘助は居ても立ってもいられぬ思いで、いっそう千鶴に注意するようになった。

五品目　旅立ちの桜餅

一

千鶴に会って七日が経っても、音沙汰《おとさた》がなかった。勘助の話から察するに、千鶴はやはり連太郎に会いたくはないようで、勘助のこともちょっと迷惑そうな素振りだ。

お園は調べたことを振り返った。江戸へ来て半年ほど料理屋に勤め、深川芸者へ、そして嫁ぎ、再び料理屋で働き、夫と死別後、再び芸者に。これが、千鶴の江戸での来し方だ。

――千鶴さんは三年半ほど前に江戸へ来て、初めの半年は料理屋で働いていたものの、得意客にそそのかされ、元々芸事が好きで三味線や踊りをしたかったこともあって、花柳界へと入っていってしまったのね――

深川芸者になり、啓市と知り合った。啓市に「どうしても一緒になりたい」と熱望され、その情熱にほだされ、身請けしてもらった。芸者を一年ほどして、「やはり普通の女房のほうが幸せなのでは」と思ったのだろう。

遊女というわけではないし、借金があったわけでもないだろうが、置屋に筋を通すということで、啓市は身請けの代金を払わねばならなかった。それがいくらかははっきり分からないが、二十五両を澄香が調べてくれた〈大墨堂〉で借りたことは間違いない。

一緒になり、千鶴もまた料理屋で働いて、どうにか二人で返していったが、利子も高く、なかなか減らなかったのだろう。それでも千鶴は幸せだったのではないだろうか。自分も働いて、啓市を支えていたのだから。しかし、そんな折、再び自分のせいで、啓市を喪《うしな》ってしまった。

──『どうして私が一緒になる人は、不幸な目に遭うのだろう』と、千鶴さんは再び自分を激しく責めたでしょう──

そのような状態なのに、高利貸しがやって来て、「まだ残っているんだ。返せ」と脅かされた。千鶴は半ば自棄《やけ》のように花街へと戻っていって、赤坂の町芸者になったに違いない。

お園は思った。

──いったい何が、千鶴さんを躊躇わせているのでしょう。花街などという艶めいた場所で、働いているからかしら──

しかし、それは推測の域を出ない。それに、お園にはもう一つ、解せぬことがあった。

千鶴が、連太郎を故郷に残し、逃げるように江戸へ来た、という事実だ。

――何か理由があったに違いないわ。それなのに、そこがうやむやにされてしまっている――

それが分からなければ、千鶴を説得することも出来ぬように思えた。

――千鶴さんがこの江戸で、今、最も頼っている人は誰だろう。その人には、心の内を打ち明けているかもしれない――

お園は考え、思い当たった。

――置屋の女将さんだわ、きっと。千鶴さんを見張っていた時、ちらとお見掛けしたけれど、凜として頼りになりそうな人だった――

お園は門前払いを食らわされる覚悟で、女将を訪ねることにした。

お園は千鶴がいない頃を見計らって〈春雪屋〉を訪ねた。女将は追い返しもせずに、お園を中に上げた。女将は志津《しづ》という名で、小股の切れ上がったという言葉がぴったりの、四十路《よそじ》の女だった。

お園は、千鶴の子供のことを正直に話し、相談した。

「お子さんが母親会いたさに信州から出てきたというのに、千鶴さんはなかなか会おうとしないのです。千鶴さんはお子さんに対して、いったいどう思っているのでしょうか」

お園は率直な思いをぶつけた。志津は少し黙っていたが、お園の真摯な想いが伝わったのだろう、静かに答えた。

「それは……千鶴さん、罪の意識があるんですよ。子供を捨てた、というね」

お園は何も言えなかった。志津は続けた。

「藩を出た経緯は、千鶴さん自身から聞きました。でも、どのような理由であれ、子供を置き去りにしたことは違いありませんからね。手込めにされたことを恥に思っても、それが原因となってお取り潰しになり災いを呼んでしまったとしても、子供を守って死に物狂いで生きていくことだって出来たはずです」

お園は目を見開いた。思いがけぬ真実が、志津の口から漏れたからだ。お園は聞き返した。

「手込め……ですか？」

「ええ。藩のお偉方にそうされて、それを知った御亭主がその人を斬り付けて返り討ちに遭い、亡くなったと伺いました。お偉方にその経緯をうやむやにされ、御亭主の乱心ということにされ、お取り潰しになってしまったとか。千鶴さん、悔しかったと思いますよ。……このこと、ご存じありませんでしたか?」

「ええ……初めて知りました。そうですか……分かったような気がします、千鶴さんが逃げるように藩を去ってしまったということが。ずっと不思議だったんです、お子さんを置いて、江戸へ来てしまったことが」

志津が言ったことが真実だとしたら、江戸へ来て、千鶴が半ば自棄のように花街へ身を置いてしまった訳も分かるように思えた。

「よけいなことを話してしまったかもしれませんが、やはり真実は知っておいたほうがよろしいですよ。お子さんには言わなくてもね。……千鶴さんが藩を去ったのは、そのような噂が万が一にもお子さんの耳に入るのを、恐れたというのもあるのではないかしら。自分が消えてしまえば、おぞましい事実も消え、醜聞《しゅうぶん》も噂も立たずにすむ。千鶴さんは、そんなふうに考えたのかもしれません」

「お辛かったでしょうね、千鶴さん」

胸が詰まり、お園の声が掠れた。そして、真実を知らないまま、父を恨んでしまっている連太郎の胸中を思うと、胸が潰れそうになる。不意に、勘助が口にした和歌の一節がお園の脳裏に蘇った。

《われ落ちにきと人に語るな》——。

「千鶴さんは、決してお子さんのことを考えていなかったのではないのでしょう。考えた挙げ句の、決断だったと思いますよ。亭主以外の、好きでもない男に無理やり汚された後、子供の無邪気な笑顔を見るだけでも辛かったでしょう。もしかしたら、もう、まともに見られなかったのかもしれません。その結果、子供を捨てることになってしまった。その罪の意識ゆえに、千鶴さんはお子さんに会えないのだと思いますよ。合わせる顔が、ないのでしょう。……千鶴さん、酷く酔った時、こんなことを言って泣いてましたよ。『私なんて自害するべきだったのに、それすら出来なかった、どうしようもない愚かな女なの』、って。なんだか気の毒でね」

「罪の意識が強過ぎて、御自分を責めてしまっているのですね」

真実を知り、お園も重苦しい気分になったが、千鶴の胸の内が分かったように思えた。お園は志津に厚く礼を述べ、置屋を後にした。

帰り道、お園は考えていた。

——千鶴さん、勘助さんに対しても、子供を押しつけたような後ろめたい思いがあるのかもしれないわ。それに加えて、己の美しさゆえに災いを呼んでしまうことが続いたから、やはり躊躇ってしまうのでしょう——

お園が悩んでしまったのは、志津から聞いた話を、果たして勘助に正直に伝えてよいものか否かということだ。勘助も、千鶴の身に起きたことを知らぬようだったからだ。

お園はそれについて吉之進に相談した。吉之進は口が堅く、信頼が置けるゆえだ。吉之進は暫く黙っていたが、こう答えた。

「正直に話したほうがよいだろう」

「やはり、そうかしら」

「うむ。そうでないと、千鶴殿の気持ちを真に解することが出来ぬだろうからな。それに」

吉之進は一息ついて、続けた。

「それに、勘助殿はもしかしたら千鶴殿を好いているのではないか？　そうでないと、あの執念は解せん。そうだとしたら、そんなことを知ったとしても、まったく動じないであろう。それどころか、自分が守ってやらねばという思いを、いっそう強くするかもしれぬ。……勘助殿の度量が試されるところだ」

お園は吉之進を軽く睨んだ。

「いやね。なんだか勘助さんを試してるみたい」

「……女将、話してみろ。俺は思う。勘助殿は微動だにしないとな」

吉之進は微かに笑みを浮かべた。お園は溜息をつき、吉之進に酒を注いだ。

二

吉之進に言われたように、店を閉めて連太郎が寝静まった後、お園は勘助に正直に千鶴のことを話した。

勘助は重苦しい表情で聞き終え、暫く黙っていたが、うつむいたまま呻《うめ》くような声を上げげた。

「どうして……どうして……私は力になってあげられなかったのだろう」

勘助は頭を抱え、自分の拳で殴った。

「どうして千鶴様は、私に話してくれなかったんだろう。話してくれれば、身分は違えどもっと出来ることはあったはずなのに。……千鶴様がどれほど苦しかったか。私がもっと気遣って差し上げていれば」

勘助の姿を見て、お園は胸が熱くなった。吉之進は間違っていなかったようだ。

「私、勘助さんが初めて千鶴さんのことを詳しくお話ししてくださった時、何か少しおかしいと思ったことがあったのですよ。でもそれが何か自分でもはっきり分からずにいたのですが、気づいたのです」

「え……それは何だったのでしょう」

「ええ。失礼なことを申し上げてしまうかもしれませんので、お気に障ってしまったら申し訳ないのですが」

お園はそう前置きして続けた。

「千鶴さん、秋の野辺で茴香のお花を眺めて、涙をおこぼしになったと仰ってましたでしょう？　それは恐らく、茴香ではなく、女郎花《おみなえし》だったと思われるのですす。秋に咲きますのは、茴香ではなく、秋の七草の一つでもある女郎花ですから。茴香は春から夏に掛けてのお花で、女郎花とよく似ているのですよ。間違えても無理がないほどに」

勘助は言葉を失い、目を瞬かせた。

「もしかしたら千鶴さんは、そのような惨い目にお遭いになった自分を……女郎のようだと卑下《ひげ》してしまったのかもしれません。千鶴さんがぽつりとこぼされたという歌も、調べてみて分かりました。古今集に載っている、遍昭《へんじょう》僧正の歌、《名にめでて　折れるばかりぞ　女郎花　われ落ちにきと　人に語るな》、です。名前に惹かれて手折《たお》っただけだ、女郎花よ、僧侶の私が女犯の罪に堕落したとの噂を広めないでほしい、という意味だそうです。その頃は、女郎といいましても、今のような意味ではなく、美女・佳人を表していたようですけれど」

「落ちてしまった自分を、女郎花に重ねていたというのですか……それで、人に語るな、と。お辛かったでしょう……千鶴様……。その時、私が少しでも千鶴様のお気持ちを汲み取れておりましたら……」

「勘助さん、今からでもまったく遅くないですよ。千鶴さんを救ってあげてくださ い」

お園の言葉に、勘助は大きく頷き、ごつい手で目を拭った。

お園は一人で千鶴のもとを訪ねた。千鶴が今日は仕事が休みだということを、志津に聞いて知っていたのだ。千鶴は少し複雑そうな顔をしたが、お園を追い返したりせず、家にあげた。

お園は千鶴に、「どうしても食べていただきたいものがあって持って参りました」と、風呂敷包みを渡した。小さな鍋が入っていた。お園は言った。

「温めてお召し上がりになってみてください」

千鶴は蓋を取り、鍋の中を見た。里芋、大根、人参、牛蒡、蒟蒻《こんにゃく》、豆腐などが入り、美味しそうな匂いを放っている。

「まあ、これはけんちん汁？」

「ええ、お気に召していただけましたら、よろしいのですが」

「好物なんです。……ありがとうございます」

千鶴は素直に礼を述べ、――でも、どうしてこれを私に食べてほしいのだろう――と訝《いぶか》りつつも、七輪を持ってきて、鍋を火に掛けた。徐々に、濃厚な匂いが漂い始める。

湯気が立ち始め、お園は千鶴からお玉を借り、ゆっくり掻き混ぜつつ、椀によそった。

「いただきます」

千鶴はまずは汁を啜り、「ふう、美味しい」と満足げな声を漏らした。里芋、人参と頬張り、千鶴は目を瞬かせた。

「あら、野菜に隠れていたけれど、何か入ってますね。……これは、お肉？」

「そうです。兎肉《うさぎ》です」

千鶴はお園を見た。箸で恐る恐る兎肉を摘み、千鶴は微かに眉を顰《ひそ》めた。

「兎……ですか。でも、兎を食べるなんて、罪深い……」

言い掛け、千鶴ははっとしたように口を噤んだ。お園は言った。

「なかなか美味しいですよ。召し上がってみてください。ももんじ屋さんでは、娘さんなども嬉々として兎肉を食べてますよ。美味しいものの前では、誰しも罪深いものなのかもしれませんね」

千鶴は、箸で摘んだ兎肉をじっと見つめる。そして思いきったように、「いただきます」と、口にした。兎肉を噛み締め、呑み込み、千鶴は押し黙った。

千鶴は兎肉を再び頬張り、呑み込み、そして言った。

「美味しいですね」

千鶴の目から、涙がこぼれる。しかし千鶴はそれを拭いもせず、けんちん汁を食べ続けた。汁を飲み干し、千鶴はお園に礼を述べた。

「御馳走様でした。とても優しい味わいでした」

「よろしかったです。甘味も持って参りましたので、こちらも、どうぞ」

お園は、もう一つの風呂敷包みを差し出した。

千鶴は包みを開け、「まあ」と目を見開いた。深紅に近い色鮮やかな菓子、紅梅餅だった。丸い紅色の餅の真ん中には、小さな白い和三盆が載っている。お園は言った。

「紅梅餅って、派手なお菓子ですよね。将軍様や大奥の方々に好まれるのも分かります。どうぞ召し上がってみてください」

「いただきます……」

紅梅餅を楊枝《ようじ》で切り、中を見て、千鶴が声を上げた。

「まあ、白餡？」

鮮やかな紅色の皮には、真っ白な餡子が包まれていたのだ。お園は微笑んだ。

「紅梅餅って色々な作り方があると思いますが、私は寒晒粉《かんざらしこ》を用いて生地《きじ》を作り、それを本紅で染めて、白餡を包んだのです」

「なんだか、いただくのがもったいないわ」

千鶴が息をつく。お園は言った。

「千鶴さんに相応《ふさわ》しいお菓子を、と考えて、作りました」

千鶴がお園を見つめる。お園はにっこり微笑んだ。

真紅の皮を纏った、真っ白な餡子。

　──女将さんは、花柳界にいる私を、このように思っているのだろうか。中身は……心は清廉としていると、思ってくれているのだろうか──

　千鶴はうつむき、紅梅餅をそっと一口含んだ。もちもちと柔らかな白玉生地と、まろやかな甘さの白餡が蕩け合い、千鶴の舌を心地良くさせる。千鶴は声を震わせた。

「私だって……私だって、本当はあの子に会いたいのです……」

　千鶴の目から涙がこぼれる。お園は千鶴の背を、そっとさすった。

　落ち着いてくると、千鶴は江戸へ来てからの経緯を淡々と語った。それは、お園が察していたことでほぼ合っていた。

「頑張って働きましたので、借金はもうほとんど返し終わりました」

　千鶴は洟を啜った。お園はやんわりと訊ねた。

「これから、連太郎さんとはどうなさるおつもりですか」

「分かりません。……でも、やはり会いたいです。会うのが、怖くもありますが」

　千鶴は答えた。お園の料理が功を奏し、千鶴の頑《かたく》なな罪の意識を、いくぶん和らげたようであった。

千鶴はこうも言った。

「本当はあの子と一緒にいたいのです。でも、あの子の将来を考えますと、やはり、養子先の鈴本家で育ってほしいように思うのです」

志津が察していた如く、連太郎のことを思えばこそ、千鶴は悩んでいるようであった。

「お気持ちは重々分かりますが、どうか連太郎さんと一度会ってみていただけませんか？　連太郎さんのお気持ちもあるでしょうし、先のことは、それから考えてみてもよろしいかと思います」

「ええ……そうですね」

胸中は複雑なようだが、千鶴はお園に、連太郎と会うことを約束した。

三

千鶴と連太郎は、親子水入らずで、お園の店の二階で会うことになった。

連太郎は、久方ぶりに会った母親にしがみつき、涙をひとすじ流した。連太郎の口から「母上」と、微かに漏れた。千鶴も我が子を強く抱き締め、啜り泣いた。

――連太郎さん……堪えてるのね。もっと噎《むせ》び泣きたいでしょうに――

お園の目頭も熱くなり、指でそっと拭った。

お園は料理を出した。五平餅と、温かなみぞれ蕎麦だ。五平餅は千鶴が作ったものだった。

「久しぶりに会うのですから、連太郎さんにお母さんのお料理を味わわせてあげれば」というお園の提案で、千鶴は少し早めに来て、板場を借りて作ったのだ。みぞれ蕎麦は、お園が作った。高遠藩では、辛み大根のおろし汁を掛けた蕎麦が名物だと、連太郎に聞いていたからだ。温かな蕎麦に大根おろしを掛け、葱をちりばめ、刻み海苔を振り、紅白の蒲鉾を添えた。

お園は気を利かせ、二人きりにして、階段をそっと下りた。少し経って、勘助がやって来た。店を閉めた後なので、お客は誰もいない。お園は勘助に酒を出した。

勘助は心ここにあらずといったように、そわそわしている。そんな勘助が、お園は微笑ましかった。

一刻ほど経って、二人が下りて来た。勘助は千鶴を真っすぐに見つめ、深々と頭を下げた。

「送っていきます」と勘助が申し出て、二人は帰っていった。

その後、お園は連太郎に訊ねた。

「お母さんが作ってくれた五平餅、美味しかったでしょう」

すると連太郎は、ちょっと考えて答えた。

「はい、美味しかったです。でも、何か違いました。……味噌が違うからかな、江戸と信州とでは」

お園は連太郎を見つめた。連太郎は続けて言った。

「母上のは、江戸の味になってしまったみたいだ」

連太郎の言葉が、お園を惑わせた。連太郎はきっと、千鶴と久方ぶりに会ってみて、母親の変化を微妙に感じ取ったのであろう。久方ぶりに会った千鶴は、地味な形《なり》をしていても、母親ではなく、女の匂いがしたのかもしれない。

連太郎はこんなことも言った。

「時が経つと人も変わります。変わることは悪くないけれど、そうすると、前と同じようにはいかなくなるのでしょう」

十歳の連太郎の言葉が、お園の胸を打つ。連太郎はきっと、幼いながら、誰も過去には戻れぬことを、悟ったのだろう。そしてお園も、連太郎の言葉から、そのことをはっきり悟ったのだ。

千鶴を送っていく帰り道、勘助は思いきったように言った。

「千鶴様に、謝らなければならないことがあります」

「え？」

千鶴は勘助を見つめた。

「千鶴様のことを調べていくうちに、どうして藩を離れたか、その真の理由を知ってしまったのです。こそこそ探ったりして、たいへん申し訳ありませんでした」

千鶴の顔が強張った。

二人は黙々と歩いた。

長屋の近くになり、千鶴は「ここで大丈夫。ありがとう」と勘助に言った。

「もう遅いから、木戸番に頼んで、潜り戸を通してもらうわ」

千鶴は微笑んだ。木戸が閉まってからの帰宅はしょっちゅうなので、慣れたもののようだ。

勘助の表情が曇る。

「……では、失礼します」

「ええ」

木戸で別れ、勘助は来た道を引き返した。少し行くと、悲鳴が微かに聞こえた。

——千鶴様？——

胸騒ぎがして、勘助は急いで長屋のほうへと駆けた。

やはり悲鳴は千鶴のものだった。草むらで大きな男が、千鶴に抱きついていた。千鶴は口を男の手で塞《ふさ》がれ、涙をこぼしている。

「千鶴様！」

勘助は必死の形相《ぎょうそう》で、男に体当たりした。

「なんだ、この野郎！」

どこかで見たことのある顔だった。以前捜していた時に、千鶴につきまとっていた男だ。勘助が男の腹を殴りつけると、男は懐から匕首《あいくち》を取り出した。

「きゃあぁっ！」

千鶴が悲鳴を上げた。男は匕首を振りかざし、目を血走らせ、にやりと笑った。男は、千鶴を贔屓《ひいき》にしているものの、相手にされない大店の若旦那だった。

「貴様はこの女のなんだ？　うん？」

男は匕首を手に、勘助に向かってくる。左肩を切りつけられそうになり、勘助はよけた。何も武器を持たぬ勘助は、眼力で相手を威嚇《いかく》するしかない。

男は今度は勘助の右肩に振り下ろした。匕首の先が肩をかすめ、勘助は鋭い痛みを覚えた。男はじりじりと迫ってくる。

「うおおっ！」

男は吠えるような声を出し、勘助の右腕を斬り付けた。袂が裂け、血まみれの腕が露わになる。

「勘助！」

千鶴は恐ろしさのあまり、動けないようだ。千鶴の頭には、江戸で一緒になった啓市の最期が浮かんでいたであろう。啓市も、千鶴を巡って刺されたのだった。

勘助は左手で右腕を押さえつつ、男を睨みつけた。

勘助は、左手を左頬へと動かした。今度は左頬が血まみれになる。

勘助は男と睨み合い、雄叫《おたけ》びを上げて、突進していった。男が匕首を振り下ろす。その直前で、勘助は身を屈《かが》め、男に飛び掛かった。均衡《きんこう》を失った男がよろけた時には、勘助は男の両ふくらはぎを腕で抱え込んでいた。勘助はありったけの力を込めて男のふくらはぎにしがみつき、放さない。

「う、うわああっ」

男は倒れ、匕首が転がった。その隙《すき》に、やっと動けるようになった千鶴が、匕首を取り上げた。

勘助は這《は》い上がり、倒れた男に馬乗りになって、思いきり顔を殴った。

「この野郎！　二度と千鶴様に近寄るな！　近寄ったら今度はただでは済まんぞ！」

そう叫びながら何度も殴りつけ、男を完全に伸《の》してしまった。

騒ぎを聞きつけた人たちが、少しずつ集まってきた。千鶴は勘助に駆け寄った。

「勘助、大丈夫？」

「大丈夫です。私は死にません。貴女を残して死ぬことなど出来ませんから、絶対に」

勘助は痛みを堪えながら、笑った。千鶴の胸が震えた。

千鶴は涙をこぼしながら、手ぬぐいを勘助の腕に巻いて手当てをした。

連太郎が眠った後、隣の部屋で、お園は思いを巡らせていた。障子窓を開けると、梅の木が、もう実をつけている。

――時が経つのは早いわ。連太郎さんも、どんどん大人になっていくのね――

今年に入って起こったことを思い出す。

大食い大会では、一方的な思いではなく、相手を思いやることが大切で、人にはそれぞれ合った器があるということを知った。

雪女騒動では、夫婦とはもともと違う育ち方をした者が一緒になることで、それゆえ難しいこともあるが、意外な組み合わせが上手くいってしまうこともあるということを澄香に伝えた。

耕七と耕平の親子には、父親が厳しいのは子供を思うゆえで、親子にとって大切なのは血が繋がっているか否かということよりも、「親がどれだけ子に情を与えたか」ということだと学んだ。

お篠とお咲の親子には、黙っているだけでなく、思いやり、伝え、人切にしなければならないと学んだ。それも徳であり、小さな徳の一つ一つの積み重ねが、やがて実を結ぶ、と。

お園は思った。

――色々な出会いによって、人も変わっていくのね。連太郎さんが言っていたように、そうすると前と同じようにはいかなくなる……。もし、清さんが帰ってきても、もう、前のようにはいかないだろうな。誰も戻れないのよね、昔には――

でも、お園は寂しいとは思わなかった。

――清さんと私は、今にして思うと、器が合わなかったのかもしれないわ。同じ料理人で合うと思ったんだけれどな。そこが男と女の不思議なところなのかも。意外な組み合わせのほうがよかったり……――

吉之進の顔が浮かんできて、お園は一人で照れた。丸みを帯《お》びた月が、ぼんやりと浮かんでいる。お園は月に向かって、祈った。

――吉さんも、いつか御両親と仲直り出来ますように――

夜風はまだ少し冷たいので、お園は窓を閉めた。

四

千鶴もまた連太郎の微妙な変化を感じ取り、勘助に対しても思い悩んでいるようであった。

お園は千鶴に店に来てもらい、料理を出した。四つの違った器には、それぞれ違う豆腐の料理が盛られている。

小鉢には、菜の花の白和え。

丸いお皿には、揚げ出し豆腐。

細長いお皿には、豆腐の田楽《でんがく》。

丼には、豆腐と人参・ほうれん草・卵をざっくり炒め合わせたもの。

目を丸くする千鶴に、お園はにっこり笑って言った。

「お豆腐って、本当にどんなお料理にも、どんな器にも合ってしまうんです。『豆腐百珍』などという本があるぐらいですもの。誰をも虜《とりこ》にするお豆腐は、まさに魔性の味。……でも、実は、白くて、まろやかで、美味しいだけのものなのですけれど」

千鶴はお園と豆腐料理を、交互に見つめる。

千鶴の胸に、勘助が放った「私は死にません」という力強い言葉が蘇った。

千鶴は皿に箸を伸ばし、豆腐を口いっぱいに頰張った。

勘助にも、お園は料理を出した。料理を見て、勘助は目を丸くした。それは鮪《まぐろ》を巻いた卵焼きだった。

この頃、鮪は「猫またぎ」とも言われる下魚《げざかな》である。特に脂の乗った大トロの部分などは、下も下だ。それを高級品（今なら一個で五百円ほど）の卵で包んだのだから、なんとも妙である。

お園はブツ切りにした鮪を醬油と味醂に漬けて軽く炙り、それを卵で巻くように焼いたのだ。

「けっこういけますよ。召し上がれ」

勘助は首を傾げつつ、箸を伸ばした。怪訝な顔で一口食べてみて、勘助は「おや？」という表情で、すぐ二口目にいった。すると、もう箸が止まらない。そんな勘助をお園は楽しそうに眺めている。

勘助はあっという間に平らげ、唸った。

「旨かったです。いやあ、不思議な組み合わせと思ったんですが、鮪の濃い味と卵のあっさりした味が相俟って、いけるいける。でも女将さん、さすがですね。下魚と高級な卵の組み合わせをお考えになるなんて」

「面白いですよね。こういう不思議な組み合わせって、私、好きなんです。鮪と卵を掛け合わせると、これほど美味しくなる。身分は違えど、上手くいくこともあるんですね」

お園が微笑む。勘助は、はっとしたように目を瞬かせた。

「でも鮪が下魚というのも解せないんです、私。井原西鶴《いはらさいかく》の『好色五人女《こうしょくごにんおんな》』の〈お夏清十郎《なつせいじゅうろう》〉にも〝目黒《めぐろ》のせんば煮〟というお料理で登場するのに。目黒って小さな鮪のことで、それを野菜などと煮たお料理で、私も好きなんです。分かる人には分かる美味しさなんですけれどねえ」

溜息をつくお園に、勘助は思わずにやりと笑った。

「女将さん、〈お夏清十郎〉などお読みになるのですね」

「え……ええ。まあ、たまには。……では、次のお料理を持って参ります」

軽く咳払いして、お園は板場へと行った。

「どうぞ」

吉之進が勘助に酒を注ぐ。

「おお、これは。ありがとうございます」

勘助は嬉しそうに呑み、吉之進に注ぎ返した。

「千鶴殿が見つかって本当によかった。私も嬉しいです」

「ありがとうございます。どうなることかと思いましたが、これも皆様のおかげです。……まだ、問題は色々と残っておりますが」

「男というのは、迷いは禁物と思うのです」

勘助は、吉之進の横顔を見た。

「私も好いた人がいましたが、身分の違いに悩まされました。私の場合は、武家ではあったものの好いた人の身分が低く、うるさい親をねじ伏せようと努めたのですが、結局守ってあげることが出来ませんでした。私は同心だったのですが、死なせてしまったのです」

「そうだったのですか……」

「そんな自分が悔しくて、親とも揉め、同心を辞めて放浪しておりました。だから、迷ってる暇があったら、今すぐ一緒にいるべきと思うのです、悔いを残さないためにも」

勘助はうつむき、酒を一口呑んで、大きく頷いた。

お園が戻ってきてもう一皿、勘助に出した。鮎《あゆ》の卵焼きだ。焼いた鮎をほぐし、それを卵と混ぜ合わせ、作ったものだ。お園はこちらも醤油と味醂で味付けしていた。

「鮎と卵ですか。今度はどちらも高級だから、二倍の味わいでしょうか」

勘助はそう言いながら、舌なめずりして、鮎の卵焼きに箸を伸ばした。

一口食べて、勘助は「ふうん」と呟いた。二口目にいき、また「ふうん」と首を傾げる。お園は訊ねた。

「如何です？　正直に仰ってください」

勘助は首を捻った。

「どうしてなのでしょう。こちらは正直、『あれ？』という感じです。期待が大きいせいでしょうか、こんなもんかな、と。……すみません、せっかく作ってくださったのに。どうしてなんでしょう、鮎と卵なのに。鮎が薄味で、卵も薄味で、上品な味といえばそうなのでしょうが、こう、がつんとくるものがないというか、何か物足りないんです。鮪を先に食べたからかな、私の舌がどうかしてるのかもしれません」

お園はにっこり笑った。

「いえ、勘助さんの味覚で正しいと思います。私も味見してみて、同じように思いましたから。鮎も卵もそれぞれ美味しいけれど、掛け合わせるとなんだかちぐはぐなものになってしまうんですよね。不思議です」

お園の言葉に、勘助はお園が何を伝えたいのか、わかった気がした。料理に励まされたようで、勘助に勇気が湧いて来る。笑顔になった勘助に、お園は「はい、お口直し」と言って、卵焼きに使った鮎の残りを出した。こちらは吉之進にも。ただ焼いたものに、軽く塩を振ってある。それを頬張り、勘助は声を上げた。

「これ、これ！　鮎ってのは、焼いたのをそのまま食べるのが一番旨いですよね」

「ホントに。お塩をちょっと振るぐらいで、まったく美味しいのよね。お塩を振らなくて、そのままでもいいぐらい」

「そう考えると鮎って凄いな。さすが高級魚だ」

二人は顔を見合わせ、笑った。

母親との再会を喜んだのも束の間《つかま》、連太郎は浮かぬ顔をしていた。江戸へ来て二箇月と少し。『必ず帰る』と約束して離れた鈴本の家も、気になっているのだろう。そんな連太郎の揺れる心を慮りつつ、花冷えする夜、お園はこんな料理を出した。

味噌汁と粕《かす》汁、だ。具はどちらも、大根、葱、蒟蒻、油揚げ。

二つの椀を見て、連太郎は言った。

「同じものかと思ったけれど、右のお椀は、白っぽいですね」

「そちらは粕汁。両方とも美味しいわよ。召し上がれ」

連太郎はまず味噌汁の椀を持ち、啜った。

「やっぱりお味噌汁は美味しいな。温まる」

そう言いながら、連太郎は直ぐに空にしてしまった。粕汁のほうは、一口飲んで、「おや?」というような顔をした。

「なんだか今まで味わったことがない、深みのある、大人っぽい味です」

そう言う連太郎に、お園は微笑んだ。

「味を分かってくれて、嬉しいわ。そちらには酒粕が入っているのよ」

「え、お酒が入ってるのですか?」

「大丈夫。ゆっくり火に掛けて、お酒の素《もと》はすべて飛ばしてあるから。でも、もっと小さい子、三つぐらいまでは、やはり食べないほうがいいわね。連太郎さんは大丈夫と思って出したのよ。もう十だものね。お味噌汁と粕汁、どちらも滋養たっぷりよ。味が少し違うだけね」

お園は慈愛に満ちた目で、連太郎を見つめる。連太郎は粕汁を味わいながら、考えた。

——普通のお味噌汁は赤子の頃から飲んでいるから、味にも馴れていて、違和感なくすぐに美味しいって思えるんだ。でも、初めて飲んだ粕汁は、味に馴れていないから『おや？』と思うけれど、味わううちに美味しいと感じてくる。その深みが分かってくる。女将さんが言うように、お味噌汁と同じで滋養があって、躰にも優しいんだ。ただ、味がちょっと違うだけで。そして、その味を理解するには、幼な過ぎると無理なんだ——

連太郎は、思った。

——お味噌汁の味が本当の父上と母上なら、粕汁の味は、育ててくれた義父上と義母上みたいだ——

粕汁を飲むのを止め、連太郎がお園を見上げた。お園の優しい眼差しが眩しいように、連太郎は目を細める。

連太郎だって分かっていた。育ての親たちは本当の子供である長女と分け隔てなく、連太郎のことも可愛がってくれていたのだ。今回の江戸行きだって、自分に気を遣ってくれた上でのことだ。江戸へ発《た》つ時、育ての親たちは、心配そうな顔で自分を見ていた。義母は涙ぐんでいた。無事に帰ってくるかどうか、不安だったのだろう。

――義父上と義母上、私の帰りを待っているんだろうな――

連太郎は粕汁をずずっと啜り、言った。

「お味噌汁も粕汁も凄いな。こんなに冷える夜も、ポカポカ温まる。どちらも滋養たっぷりなんだ。本当に凄いな」

蒟蒻をもぐもぐ食べる連太郎を見つめ、お園はなぜか目頭が熱くなり、板場へといったん戻った。

そして今度は、麦飯の入った椀を出した。

「麦飯とお味噌汁、粕汁で強い躰が出来るわ。連太郎さん、逞《たくま》しくなってね」

連太郎は笑顔で頷いた。

その夜、連太郎は寝床の中で、お園の料理から学んだことを思い出しつつ、心を整えた。

──母上と私は、もう器が合わなくなってしまったのかもしれない。

私は母上をやはり好きだけれど、好きならば、思いやることも大切だ。甘えるだけでは、一方的だから。

そして……私は本当の父と母のことにばかり気を取られていたけれど、義父上と義母上にだってもっと心を許せば、上手くやれるのかもしれない。

意外な組み合わせが、上手くいってしまうように──

連太郎は目が冴えてしまってなかなか眠れなかったが、お園が作ってくれた味噌汁と粕汁のおかげで、何か大きなものにくるまれているような温もりを感じていた。

五

お園の料理に背中を押され、勘助は千鶴に思いを告げた。

「もし御迷惑でないなら、貴女様の傍にいて、貴女様を守っていきたいです」、と。

「ずっと守ってね。……あの子のことも」

「はい、もちろんです」

勘助は千鶴の前で深々と頭を下げた。その背に千鶴は、そっと手を置いた。

連太郎と千鶴は、〈福寿〉の二階で、これからのことを話し合うことにした。

行灯の明かりの中で、連太郎は千鶴と向かい合った。

千鶴は気持ちが整い、「勘助とともに、私の傍にいてほしい」と我が子に言った。

しかし連太郎は膝の上で小さな拳を握り、黙ったままであった。そして母を真っすぐに見て、問うた。

「その前に、母上にどうしてもお訊きしたいことがあります」

千鶴は連太郎を見つめ返して、頷く。連太郎は赤い唇を少し嚙み、言葉を続けた。

「ずっと知りたかったことです。母上はどうして、私を藩に置いて、去ってしまわれたのですか？　母上も父上を憎んでいらっしゃるからですか？　だから、父上の血を分けている私のことも嫌になってしまわれたのですか？」

千鶴の顔が強張った。連太郎の目は微かに潤んでいる。

「私は父上を憎んでいます。母上を苦しめたから。父上があんなことをしなければ、私たちは離ればなれにならずに済んだのに。仲の良い家族のままでいられたのに。父上のせいで……」

「違います！」

千鶴は唇を震わせた。

「貴方の父上は何も悪くなかったのです。私のせいで……私のせいで、罪を被ってしまわれたのです。貴方の父上は私のことを庇《かば》って、藩の者の返り討ちに遭い、それを揉み消すために罪を着せられたのです。だから父上のことをそんなふうに思ってはいけません」

連太郎は驚愕に瞬きもせずに母を見つめる。

「私が貴方のもとを離れたのは……自分のせいで家が壊れてしまったという自責の念からです。貴方を見ていると、父上のことや色々なことが思い出されて、辛かったから……。悪かったと思っています。本当に。許してほしいと思っています」

千鶴の大きな目から、涙が溢れた。連太郎は拳を握り締めた。

「貴方の父上は、貴方に役人として出世して偉くなってほしいなどと思っていませんでした。自分の好きなことをしてほしいと、いつも仰っていました。そして私も、同じように思い、願っておりました。だから私は、貴方を武家ではなく、名主の家へと養子にいかせたのです」

「父上は何も悪くなかったのですね」

千鶴は涙を拭いながら、強く頷いた。連太郎は暫しうつむいていたが、急に立ち上がると、襖を勢い良く開けて階段を駆け下りた。

「どうしたの！」

お園は驚き、声を上げる。連太郎は外へ飛び出していった。千鶴が慌てて下りてきて、お園にしがみついた。

「どうしましょう。私、あの子に、父上は罪を着せられただけで、本当は私のせいで家が壊れたということを話してしまったのです。……ああ、迂闊《うかつ》でした。あの子に言うべきではなかったのでしょうか」

千鶴は血の気が引き、小刻みに震えている。お園は千鶴を小上がりで休ませ、その細い背中を優しく撫でた。

「ここで少しお待ちになっていてください。私が捜して、必ず連れて戻って参りますので」

お園は錠をして、連太郎を捜しに外に出た。

お園には当てがあった。提灯を手に、小舟河岸に沿って行き、思案橋を渡る。思ったとおり、連太郎は桜の木の下に立っていた。太い幹に手をつき、小さな肩を震わせている。お園は連太郎に近づき、声を掛けた。

「お母様、驚いていたわよ。さ、帰りましょう」

「父上は悪くなかったって……。それなのに、私はずっと父上のことを……。父上の気持ちも、母上の気持ちも知らずに……私は……」

連太郎は唇を嚙み締める。けれども、涙は止まらない。お園は連太郎の肩をそっと抱き締めた。連太郎は桜の木を見上げた。蕾《つぼみ》がほころびかけてはいるが、まだ開花していない桜はどこか物悲しくて、連太郎の心を揺らす。

「お父様が悪くなかったって分かって、よかったわね」

連太郎は頷いた。

お園に連れられ、連太郎は店に戻った。宵空に、いくつもの星が瞬いていた。

お園は店の前で連太郎を少し待たせ、千鶴を二階に上がらせた。それから連太郎を中に入れ、小上がりに座らせ、お茶を出す。項垂《うなだ》れている連太郎に、お園は優しく言った。

「少し待っていてね」

お園は連太郎に笑みを掛け、板場へと入る。

お園は連太郎に、料理を出した。菜の花を混ぜ合わせた御飯、蕗《ふき》の薹《とう》の味噌汁、蕗の薹と油揚げの煮物、鰊の煮付け。

薄黄色の皿に盛られた蕗の薹と油揚げの煮物を見て、連太郎は目を瞬かせた。

「雪の間から、一番先に出て来るのが、蕗の薹なんですって。雪解けが始まる頃にいっせいに芽を出す、まさに春を告げる食べ物ね」

連太郎は箸で蕗の薹を摘み、口に運んだ。

「冬を乗り越えて春を告げてくれる野菜は、どれも滋養たっぷりで強いのよ。菜の花だってこんなに可愛いのに、しっかりしているの。まるで誰かさんみたいね」

お園は連太郎に微笑む。連太郎は蕗の薹を呑み込み、言った。

「ちょっと苦味があるけれど、そこが美味しいです」

「この味が分かるのね、さすがだわ。もう幼くないものね、連太郎さんは」

お園に見守られながら、連太郎は淡々と食べた。お園の美味しい料理で、連太郎の顔も徐々に和らいでくる。

「鰊……ここに来てすぐの頃に食べたものより、いっそう脂が乗って、身も柔らかくなってますね」

「鰊も成長したのよ。柔らかくなった頃がいいのよね。魚も人も」

お園の料理をすべて綺麗に平らげ、連太郎は「御馳走様でした」と手を合わせた。

落ち着きを取り戻した連太郎に、お園は言った。

「お父様、喜んでいらっしゃるわ。連太郎さんに許してもらえて」

「許すなんて……。私が勝手に誤解をしていたのですから。父上には本当に申し訳なかったと思っています」

「悔いを改めれば、もう、それでよし。お父様もそう思っていらっしゃるわ。これからは、お父様を敬っていかなければね」

「はい、そうします」

連太郎は素直に答えた。

連太郎はお園と、今後のことを話し合った。一人で藩に帰ることを決めたと、連太郎は言った。

「父上の真実も分かりましたし、自分の気持ちがようやく整えられました」

子供心ながら、千鶴の傍にいては互いのためにならないと察したようだ。

「勘助は母上の下男として残るとのことです。だから母上のことは勘助に任せて、私は帰ろうと思うのです」

連太郎の決意を聞かされ、お園は感心しつつも切なくなった。そして、頭を殴られたようにも思った。お園は、連太郎の言葉に、気づかされたのだ。

——本当に大切な人ならば、相手のことを、相手の幸せを願わなければならないのよね。それなのに、私は清さんを思い出しても、どうして逃げてしまったんだろうとか、もう帰って来ないのだろうかなどということばかり考えていた。清さんがどこで何をしていても無事でいてくれればとは思っていたけれど、幸せでいてほしいとは……思わなかったような気がする——

お園は自分の心の狭さに気づき、狼狽《うろた》えた。しかし、連太郎の澄んだ目を見ていると、波立った心が徐々に静まっていった。

お園は思った。

——でも。今の私は、強がりでもなく素直に、清さんがどこで何をしていても幸せでいてほしいと願える。大切な人だったから、私から離れていった理由は何であれ、幸せになっていてほしい。自分一人で頑張っているのではないと気付けたから。……そう思えるようになったのも、やはり周りの人たちのおかげなのね。私も少しずつ成長しているのかな――

連太郎の成長が、お園にはっきり自覚させたのだ。お園にとって、清次のことはもう、過去の大切な思い出として浄化されてしまったということを。

お園は涙を堪えて、連太郎に言った。

「やっぱり、さすがだわ、連太郎さんは。自分で考えて、決意するなんて。……私より、ずっと大人よ。楽しみね、これからが」

連太郎は照れくさそうに「頑張ります」と答えた。

また、連太郎には、鈴本家の義父母への思いもあった。連太郎は言った。

「立派に成長して、義父母へ恩を返すことが、大人になることであるように悟ったのです。そして、そのことに気づかせてくれたのは、女将さんの料理、お師匠様の習い、江戸の皆さんとの触れ合いでした。本当にありがとうございました」

連太郎はお園に深々と頭を下げた。

「こちらこそ、ありがとう。楽しかったわ、とっても」

お園も連太郎に丁寧に頭を下げた。連太郎は息をつき、述べた。

「私はこれから学問に邁進して、父上に濡れ衣を着せたやつらを倒すほどの者になって、いつか父上の仇を討ちたいと思います。そのためにも、頑張ります」

お園は連太郎の凜々しい顔を見つめ、少し考え、答えた。

「立派な心掛けね。色々なことを学ぶって、素晴らしいと思うわ。連太郎さんは学問が好きですものね。……でも、これはあくまで私の考えだから怒らないで聞いてほしいのだけれど。連太郎さんが学んでいくうちに、いつかすべてのことが浄化されてしまって、仇を討つとか、相手を倒すとか、考えなくなる時が来ると思うの。その時が、連太郎さんが本当に超える時なのではないかしら、相手を、そして自分を」

「相手を、自分を……超える……」

「そう。この前、寺子屋で一緒に学んだじゃない。〝怒〟と〝恕〟という文字は似ているけれど、〝怒〟は己に負けている時に持つ感情で、〝恕〟は己に勝った時に抱く感情だって。〝怒〟を超えると、〝恕〟になる、って」

連太郎はお園を真っすぐ見つめる。

「連太郎さんは今は怒の感情を持ってしまっていて、それも無理はないと思うの。お父様の真実を聞いたばかりですものね。でも、きっといつかその感情が転じて、連太郎さんには人を思いやる恕の感情が湧き起こってくると思う。だって連太郎さんは、そういう人だから」

連太郎はお園を見つめ続ける。

「どうしようもない者たちを相手にするより、学んだことをもっと別のことに役立てようと考える時が来るかもしれないわ。つまり、『器が違う』、ということになるわね」

お園の話を聞き入っている連太郎の目は、吸い込まれてしまいそうなほどに澄みきっている。

「連太郎さん、大器になってね」

お園は連太郎を真摯な眼差しで見つめた。

六

旅立ちの日、お園は連太郎に朝餉を出した。品書きは、筍《たけのこ》御飯、筍と若布《わかめ》の若竹煮、筍と浅蜊と木の芽のお吸い物、公魚《わかさぎ》の衣かけ（唐揚げ）、菜の花の塩漬け。

「連太郎さんがすくすく育つように、筍を多く使ってみました」

お園は微笑んだ。千鶴と勘助、吉之進も集まっていた。元気いっぱいに頬張る連太郎を、皆、優しい眼差しで見つめる。

米粒一つも残さず平らげ、連太郎は笑顔で言った。

「美味しかったです、御馳走様！」

連太郎は吹っ切れたような、晴れやかな顔をしていて、皆、安心した。

お園は桜餅と桜湯も出した。桜湯とは、桜の花の塩漬けにお湯を注いだものだ。お園は、皿も湯呑みも乳白色のものを用いた。

「綺麗だなあ。桜餅、大好きなんです。……あ、お湯の中で花が開いてる！　ほのかに香りもします！」

連太郎は桜湯を覗き込み、無邪気に喜ぶ。塩漬けの桜の葉に包まれた、桜色の餅。連太郎は暫し桜餅を見つめていたが、手で摑み、頬張った。

「うん！」

連太郎の顔がぱっと明るくなる。

「とっても美味しいです。お餅の甘さと、葉っぱのしょっぱさが相俟って、うっとりします」

「信州もこの、長命寺の形なんですよ。江戸へ来て桜餅を食べるたび、信州を思い出していました」

我が子を慈しむような眼差しで見つつ、千鶴が言う。桜餅は江戸や信州では長命寺風の楕円形のものが主流で、上方などでは道明寺《どうみようじ》風の丸形のものが主流である。どちらも美味であるが、長命寺風は皮を焼いて作るからか、ふんわりとした食感。道明寺風は皮を蒸して作るからか、もっちりした食感だ。

美しい菓子を連太郎はあっという間に食べ、桜湯を啜った。そして不意に言った。

「お咲ちゃん、大丈夫かな」

お園は連太郎を見つめた。連太郎は続けた。

「お咲ちゃんにもこの桜餅、食べさせてあげたいな」

お園は微笑んだ。

「じゃあ、一緒に作りましょうか。連太郎さんが作ってくれたよ、って、お咲ちゃんに後で持っていくから」

「ええ、出来るかな?」

「餡子が出来てるから、簡単よ。やってみましょう」

連太郎はお園と一緒に、板場に立った。

まず、寒晒粉と食紅を合わせて、水を少しずつ入れて混ぜ合わせる。次に、小麦粉と砂糖を合わせ、こちらも水を少しずつ入れて混ぜ合わせる。今度はその二つを混ぜてゆくが、一度に混ぜるとダマになるので、水を調整しながら、少しずつ丁寧に練り合わせる。

粉が溶けて滑らかになってきたら、四半刻ほど置く。すると、生地としてまとまってくる。その生地をおたま半分ぐらい掬い、熱した焙烙《ほうろく》（平たい土鍋）の上に流し、楕円の形に広げて焼いていく。ひっくり返して裏も焼くと、皮の出来上がり。

その焼き上がった皮の端に、丸めたこし餡を載せ、巻きながら包む。それを塩漬けの桜の葉でまた包んで、完成だ。

連太郎は懸命に粉を練り、焙烙に生地を流して焼いていった。

「ああ、難しいな！」

初めは楕円の形に上手く広がらず、失敗してしまったが、お園に「成功するには失敗が必要よ」と励まされ、根気よく挑むうちに作れるようになった。皮をひっくり返すのはお園が手伝ってあげたが、出来上がった皮でこし餡を包み、それをまた桜の葉で包むのも連太郎がした。

失敗しつつそれを成功に転じて、連太郎はお咲のために六つの桜餅を作った。もちろんお篠にも食べてもらうつもりだ。どうして六つなのかというと、「いくつ作ればいいかな」と訊く連太郎に、お園が答えたのだ。

「そうね……六つがいいんじゃない。睦《むつ》まじい、という意味で」、と。

連太郎は照れつつ、「睦まじくいようね」という意味を込めて、桜餅を作ったのだった。

「私が作るのより、上手に出来たわね。お咲ちゃん、驚くわよ」

お園がにっこりする。吉之進も連太郎の頭を撫でた。

「お咲ちゃん、喜ぶぞ」

「坊ちゃんが作った桜餅、きっと、美味しいでしょう……」

勘助は胸が詰まって、あまり喋ることが出来ないようだ。千鶴も別れが近づいて来ているのが切ないのだろう、既に涙ぐんでいる。

連太郎は皆の顔を見回し、「あっ！」と大声を上げた。

「どうしたの？」

目を丸くするお園に、連太郎は答えた。

「忘れてた！　私が作った桜餅、皆にも食べてもらいたい。だから、あと四人分作らなければ」

大人たちが皆、顔を見合わせる。連太郎はさっさと、あまった生地を再び焼き始めた。

「連太郎さん、すっかりお料理に目覚めてしまったみたいね」

お園が言うと、皆、和やかに笑った。

連太郎が懸命に作った桜餅はとても美味だった。その素直で一途な心が表れていたからだ。

「こんなに旨い桜餅は初めて食った」

吉之進はたちまち食べ終え、指を舐めた。お園も感嘆した。

「悔しいけれど、私のよりずっと美味しいわ。餡を包むのってけっこう難しいのに、よくすぐに出来るようになったわね」

「思ったより美味しいです。坊ちゃんの作ったものが食べられるなんて……これも女将さんのおかげです」

「女将さん、本当に……本当に、ありがとうございました」

千鶴が何度も礼を言う。涙が止まらないようだ。

「いえいえ、私のほうこそ、連太郎さんには感謝しております。お手伝いしてもらいましたし、色々なことを教えられました。ところで……連太郎さんが作った桜餅の味は、千鶴さんにはちょっぴりしょっぱいかもしれませんね」

お園の言葉に、千鶴は泣き笑いをした。

大人たちが食べている間に、連太郎はお咲に文を書いた。

『女将さんに教えてもらって、一緒に作りました。食べてください。お互い、元気で頑張りましょう。いつかまた遊びに来ます』、と。

お園は桜餅を食べ終えると、連太郎に持たせる弁当を作り始めた。

発つ時、連太郎は丁寧に礼を述べた。

「色々、本当にありがとうございました」

僅か二箇月と半月ほどであったのに、連太郎はやけに成長したように見えた。

「喜ばしいことだけれど……寂しくなっちゃうわね」

堪えきれずに、お園は涙ぐんだ。

連太郎はお園に言った。

「女将さんは江戸の母上です」

そして吉之進に向かい、言った。

「お師匠様は江戸の父上です」

お園と吉之進は顔を見合わせた。お園の頰が桜色に染まった。

「また必ず江戸に参ります。今度は、ちゃんとした大人になって」

皆、眩しそうに連太郎を見る。連太郎は勘助に頭を下げた。

「勘助、母上を頼みます」

「はい、かしこまりました。……連太郎様、どうぞお元気で」

勘助は声を少し震わせ、連太郎に礼を返した。連太郎は、最後に千鶴に挨拶をした。

「母上、お会い出来て嬉しかったです。お元気でいらっしゃってください。お幸せを祈っています」

千鶴はただ頷くばかりで、言葉を返すことが出来なかった。

吉之進が申し出た。

「途中まで送っていこうか」

「大丈夫です。一人で参ります」

連太郎は凛として答え、発った。お園が作ってくれた弁当と吉備団子を持って。

弁当と吉備団子をお園から受け取る時、二人きりになった。その時、連太郎はお園に笑顔で言った。

「江戸で鬼退治をしたから、帰ります」、と。

「鬼退治……したの？」

「はい。退治したのは、自分の幼さです」

お園は連太郎を見つめた。連太郎はこうも言った。

「江戸で手に入れた宝物を持って、帰ります」

連太郎が江戸で手に入れた宝物、それは〝成長〟に違いなかった。

連太郎は続けた。

「私、この前、女将さんに『学問に邁進して父上に濡れ衣を着せたやつらを倒すほどの者になって、いつか父上の仇を討ちたい』って言いましたよね。でも……あれから考えが少し変わったんです。私は、貧しい人たちを助ける仕事をしたいと思います。仕返しなどではなく、人を救うために学びたいと」

お園は黙って連太郎を見つめ続ける。

「まだはっきりとは決めていませんが……たとえば、医者になりたいと思うのです。私などに務まるかどうか分かりませんが、希望として。大食い大会に、奥さんの薬代のために出た人がいましたよね。私は、病の人を、どうかお金がかからないように救ってあげたいのです。信州にも、貧しい人たちはたくさんいます」

連太郎の目はいっそう澄んで見える。

「吉のお師匠様だって、お月謝の代わりに米や味噌や野菜を受け取っていらっしゃいました。でも、贅沢な暮らしでなくても、お師匠様は、毎日とても楽しそうでした。女将さんだって、そうでしょう？　お金をもらわなくても、お料理を出して、人を助けていましたよね。私、気づいていました。女将さん、御自分はいつも質素なものを食べてるって。切りつめているのだと思っていました。それでも女将さんはとても素敵な人で、皆さんから慕われています。女将さんも、吉のお師匠様も、やり甲斐《がい》のある仕事をされています。私は、お二人のような方々を見習いたいのです。貧しい人たちからはお金を受け取らず、どうか治してあげたい。綺麗事ではなく、本当に助けてあげたい。……だから、医者になったとしても、私はきっと一生貧乏でしょう」

連太郎はそう言って笑った。お園は連太郎を抱き締めた。

桜に彩られた道を、連太郎は一歩一歩踏みしめ、進んでいく。青天に咲き誇る桜は、みずみずしく美しいが、どこか脆《もろ》く儚げでもある。まるで、子供から大人へと変わる繊細な時を、象徴しているかのように。

去っていく連太郎の小さな背中を見送りつつ、子供ながら背負《せお》っているものの重さに、お園は切なくなる。とはいうものの、もう子供とは言えぬほどに成長を遂げた連太郎が頼もしくもあった。吉之進が言った。

「あいつ、一人前の男になって帰っていったな」

涙ぐみつつ笑みを浮かべ、お園は頷く。千鶴も勘助の横で、啜り泣いている。

――男の子が男になるというのは、こういうことなのね――

お園は、連太郎に教えられた思いであった。

満開の桜、花びらが降りしきっている。どこか遠くで、口笛が鳴った気がした。

一〇〇字書評

さくら餅

切り取り線

購買動機（新聞、雑誌名を記入するか、あるいは○をつけてください）

□（　　　　　　）の広告を見て	
□（　　　　　　）の書評を見て	
□ 知人のすすめで	□ タイトルに惹かれて
□ カバーが良かったから	□ 内容が面白そうだから
□ 好きな作家だから	□ 好きな分野の本だから

・最近、最も感銘を受けた作品名をお書き下さい

・あなたのお好きな作家名をお書き下さい

・その他、ご要望がありましたらお書き下さい

住所	〒				
氏名		職業		年齢	
Eメール	※携帯には配信できません	新刊情報等のメール配信を 希望する・しない			

この本の感想を、編集部までお寄せいただけたらありがたく存じます。今後の企画の参考にさせていただきます。Eメールでも結構です。

いただいた「一〇〇字書評」は、新聞・雑誌等に紹介させていただくことがあります。その場合はお礼として特製図書カードを差し上げます。

前ページの原稿用紙に書評をお書きの上、切り取り、左記までお送り下さい。宛先の住所は不要です。

なお、ご記入いただいたお名前、ご住所等は、書評紹介の事前了解、謝礼のお届けのためだけに利用し、そのほかの目的のために利用することはありません。

〒一〇一－八七〇一
祥伝社文庫編集長　坂口芳和
電話　〇三（三二六五）二〇八〇

祥伝社ホームページの「ブックレビュー」からも、書き込めます。
http://www.shodensha.co.jp/bookreview/

祥伝社文庫

さくら餅《もち》　縄《なわ》のれん福寿《ふくじゅ》

平成29年2月20日　初版第1刷発行

著　者　有馬美季子《ありまみきこ》
発行者　辻　浩明
発行所　祥伝社《しょうでんしゃ》
東京都千代田区神田神保町3-3
〒101-8701
電話　03（3265）2081（販売部）
電話　03（3265）2080（編集部）
電話　03（3265）3622（業務部）
http://www.shodensha.co.jp/

印刷所　堀内印刷
製本所　ナショナル製本
カバーフォーマットデザイン　中原達治

本書の無断複写は著作権法上での例外を除き禁じられています。また、代行業者など購入者以外の第三者による電子データ化及び電子書籍化は、たとえ個人や家庭内での利用でも著作権法違反です。
造本には十分注意しておりますが、万一、落丁・乱丁などの不良品がありましたら、「業務部」あてにお送り下さい。送料小社負担にてお取り替えいたします。ただし、古書店で購入されたものについてはお取り替え出来ません。

Printed in Japan ©2017, Mikiko Arima ISBN978-4-396-34290-6 C0193

祥伝社文庫の好評既刊

有馬美季子
縄のれん福寿 細腕お園美味草紙

「なんと温かで、心に美味しい物語であることか」大矢博子氏。心づくしの品に思いを託す美人女将の人情料理譚。

今井絵美子
夢おくり 便り屋お葉日月抄①

「おかっしゃい」持ち前の俠《きゃん》な心意気で邪《よこしま》な思惑を蹴散らした元辰巳芸者・お葉。だが、そこに新たな騒動が！

今井絵美子
泣きぼくろ 便り屋お葉日月抄②

父と弟を喪《うしな》ったおてるを励ますため、お葉は彼女の母に文を送るが、そこに新たな悲報が……。

今井絵美子
なごり月 便り屋お葉日月抄③

日々堂の近くに、商売敵《がたき》・便利堂《べんりどう》が。店衆《たなし》が便利堂に大怪我を負わされ、痛快な解決法を魅せるお葉！

今井絵美子
雪の声 便り屋お葉日月抄④

お美濃《みの》とお楽《らく》が心に抱えた深い傷に気づいたお葉は、一肌脱ぐことを決意するが……。〝泣ける〟時代小説。

今井絵美子
花筏 便り屋お葉日月抄⑤

悩み迷う人々を、温かく見守るお葉。深川の便り屋・日々堂で、儘《まま》ならぬ人生が交差する。

祥伝社文庫の好評既刊

今井絵美子　紅染月《べにそめづき》　便り屋お葉日月抄⑥

友を思いやり、仲間の新たな旅立ちを祝す面々。意地を張って泣くことも、きっと人生の糧《かて》になる！

今井絵美子　木の実雨　便り屋お葉日月抄⑦

友七親分の女房・お文から、日々堂の正蔵とおはま夫婦の娘・おちょうに大店の若旦那との縁談が持ち込まれ……。

今井絵美子　眠れる花　便り屋お葉日月抄⑧

人生泣いたり笑ったり——情にあつい女主人の心意気に、美味しい料理が花を添える。感涙の時代小説。

今井絵美子　忘憂草　便り屋お葉日月抄⑨

家を捨てた息子を案ずる、余命幾ばくもない父……。粋で温かな女主人の励ましが、明日と向き合う勇気にかわる。

宇江佐真理　おぅねぇすてぃ

文明開化の明治初期を駆け抜けた、若い男女の激しくも一途な恋……。著者、初の明治ロマン！

宇江佐真理　十日えびす　花嵐浮世困話

夫が急逝し、家を追い出された後添え《のちぞえ》の八重《やえ》。実の親子のように仲のいいおみちと日本橋に引っ越したが……。

祥伝社文庫の好評既刊

宇江佐真理　ほら吹き茂平　なくて七癖あって四十八癖

うそも方便、厄介ごとはほらで笑ってやりすごす。江戸の市井を鮮やかに描く、極上の人情ばなし！

宇江佐真理　高砂　なくて七癖あって四十八癖

こんな夫婦になれたらいいなあ。倖せの感じ方は十人十色。夫婦の有り様も様々。心に染みる珠玉の人情時代小説。

藤原緋沙子　恋椿　橋廻り同心・平七郎控①

橋上に芽生える愛、終わる命……江戸の橋を預かる橋廻り同心・平七郎と瓦版屋女主人・おこうの人情味溢れる江戸橋づくし物語。

藤原緋沙子　火の華《はな》　橋廻り同心・平七郎控②

橋上に情けあり——橋廻り同心・平七郎が、剣と人情をもって悪を裁くさまを、繊細な筆致で描く。

藤原緋沙子　雪舞い　橋廻り同心・平七郎控③

雲母《きらず》橋・千鳥《ちどり》橋・思案《しあん》橋・今戸《いまど》橋——橋廻り同心・平七郎の人情裁きが冴えわたる。

藤原緋沙子　夕立《ゆだ》ち　橋廻り同心・平七郎控④

新大橋、赤羽橋、今川橋、水車橋——悲喜こもごもの人生模様が交差する、江戸の橋を預かる平七郎の人情裁き。

祥伝社文庫の好評既刊

藤原緋沙子
冬萌え
橋廻り同心・平七郎控⑤
泥棒捕縛に手柄の娘の秘密。高利貸しの優しい顔。渡りゆく男、佇む女——昨日と明日を結ぶ夢の橋。

藤原緋沙子
夢の浮き橋
橋廻り同心・平七郎控⑥
永代橋の崩落で両親を失い、深い傷を負ったお幸を癒した与七《よしち》に盗賊の疑いが——!! 平七郎が心を鬼にする!

藤原緋沙子
蚊遣《かや》り火
橋廻り同心・平七郎控⑦
江戸の夏の風物詩——蚊遣り火を焚《た》く女の姿を見つめる若い男。やがて二人の悲恋が明らかになると同時に、新たな疑惑が……。

藤原緋沙子
梅灯り
橋廻り同心・平七郎控⑧
「夢の中でおっかさんに会ったんだ」——生き別れた母を探し求める少年僧・珍念《ちんねん》に危機が!

藤原緋沙子
麦湯の女
橋廻り同心・平七郎控⑨
奉行所が追う浪人は、その娘と接触するはずだった。自らを犠牲にしてまで浪人を救う娘に平七郎は……。

藤原緋沙子
残り鷺《さぎ》
橋廻り同心・平七郎控⑩
「帰れない……あの橋も渡れないの……」謎のご落胤《らくいん》に付き従う女の意外な素性とは? シリーズ急展開!

祥伝社文庫の好評既刊

藤原緋沙子　**風草の道**　橋廻り同心・平七郎控⑪

旗本の子ながら、盗人にまで堕ちた男が逃亡した。非情な運命に翻弄された男を、平七郎はどう裁くのか？

藤原緋沙子　**冬の野**　橋廻り同心・平七郎控⑫

一人娘を攫われた女将。やがて拐かし犯が別れた夫を捜していたことが発覚し……。平八郎が、江戸を疾駆する！

岡本さとる　**取次屋栄三《えいざ》**

武家と町人のいざこざを知恵と腕力で丸く収める秋月栄三郎《あきづきえいざぶろう》。縄田一男《なわたかずお》氏激賞の「笑える、泣ける！」傑作時代小説誕生！

岡本さとる　**がんこ煙管《ぎせる》**　取次屋栄三②

栄三郎、頑固親爺《おやじ》と対決！「楽しい。面白い。気持ちいい。ありがとうと言いたくなる作品」と細谷正充《ほそやまさみつ》氏絶賛！

岡本さとる　**若の恋**　取次屋栄三③

〝取次屋〟の首尾やいかに⁉　名取裕子《なとりゆうこ》さんもたちまち栄三の虜に！「胸がすーっとして、あたしゃ益々惚れちまったぉ！」

岡本さとる　**千の倉より**　取次屋栄三④

「こんなお江戸に暮らしてみたい」と、日本の心を歌いあげる歌手・千昌夫《せんまさお》さんも感銘を受けた、シリーズ第四弾！

祥伝社文庫の好評既刊

岡本さとる
茶漬け一膳
取次屋栄三⑤

この男が動くたび、絆《きずな》の花がひとつ咲く！　人と人とを取りもつ〝取次屋〟の活躍を描く、心はずませる人情物語。

岡本さとる
妻恋日記
取次屋栄三⑥

亡き妻は幸せだったのか？　日記に遺された若き日の妻の秘密。老侍が辿《たど》る追憶の道。想いを掬《すく》う取次の行方は。

井川香四郎ほか
欣喜《きんき》の風

大切な人との巡り合い、生きることの喜びに花が咲く。濃厚な人間ドラマを描く短編集。

鳥羽　亮ほか
怒髪《どはつ》の雷《かみなり》

ときに己を奮い立たせ、ときに誰かを救う力となる――怒りの鉄槌が悪を衝《つ》く！

藤原緋沙子ほか
哀歌《あいか》の雨

いつの時代も繰り返される出会いと別れ。すれ違う江戸の男女を丁寧に描く、切なくも希望に満ちた作品集。

風野真知雄ほか
楽土《らくど》の虹

武士も、若旦那も、長屋の住人も……ままならぬ浮世を精一杯生きる人々を色鮮やかに活写！　心温まる時代競作。

〈祥伝社文庫　今月の新刊〉

夏見正隆
TACネーム アリス　尖閣《せんかく》上空10vs1
機能停止に陥った日本政府。尖閣諸島の実効支配を狙う中国。拉致されたF15操縦者は…。

沢村　鐵《てつ》
ゲームマスター　国立署刑事課 晴山旭・悪夢の夏
目を覆うほどの惨劇、成す術なしの絶望――。殺戮を繰り返す、姿の見えない〝悪〟に晴山は。

内田康夫
終幕《フィナーレ》のない殺人
箱根の豪華晩餐会で連続殺人。そして誰かが殺される!?　浅見光彦、惨劇の館の謎に挑む。

南　英男
殺し屋刑事《デカ》　殺戮《さつりく》者
超巨額の身代金を掠め取れ！　連続誘拐殺人犯に、強請屋と悪徳刑事が立ち向かう！

辻堂　魁
逃れ道　日暮し同心始末帖
評判の絵師とその妻を突然襲った悪夢とは？　倅を助けてくれた二人を龍平は守れるか！

藤井邦夫
高楊枝《たかようじ》　素浪人稼業
世話になった小間物問屋の内儀はどこに？　鍵を握る浪人者は殺気を放ち平八郎に迫る。

有馬美季子
さくら餅　縄のれん福寿
母を捜す少年の冷え切った心を、温かい料理が包み込む。料理が江戸を彩る人情時代。

黒崎裕一郎
公事宿始末人　破邪の剣
濡れ衣を着せ、賄賂をたかり、女囚を売る。奉行所にはびこる裏稼業を、唐十郎が斬る！

佐伯泰英
完本　密命　巻之二十　宣告　雪中行
愛情か、非情か――。若き剣術家に新たな才を見出した惣三郎が、清之助に立ちはだかる。